灌木集

李广田 著

中国青年出版社

开篇词——『老开明原版名家散文系列』

中国出版史上这样记载着：

开明书店——成立于1926年。

青年出版社——成立于1950年。

中国青年出版社——于1953年由开明书店和青年出版社合并而成立。

开明——中青，从此便有了血脉关系。八十多年的『开明』历史，超过一个甲子的『中青』历程，数代人辛勤劳作，培育出的是一座斑斓绚丽的昆仑园圃。我们采撷其中最美的一束花朵，敬献给深深关爱着我们的广大读者和作者。

愿这束花朵，在您的案头或手上散发馨香。

雨吧，再不落雨就歉年了。』然而無論什末時候，只要是在田地間用飯，有人向田地上澆奠過禱告過之後，一定還要加上一句道：

「老天爺，千萬莫讓那個瞎東西來吃飯啊！」

但終究有幾家是倒霉的，早也不來，晚也不來，單等吃飯的時候那個瞎東西來了。

這個瞎東西當然是一個瞎漢，因爲名叫東子，故一般人背地裏均喊他瞎東西。他雖然瞎，卻做着一件非用眼睛不可的事情。他已是四十多歲的人了，他藉了兩個兒子的眼睛給他當作引導，作爲這一鄉的看坡人已有將近二十年樣子。這是這一帶鄉村風俗：無論什末莊稼，到得將近成熟時，便由村中派出一個人來作爲看坡人，這人必須不分晝夜到這一帶田地中巡邏，以防備有人偷盜莊稼，因爲莊稼成熟時候，是常常被無賴窮人殺去許多的。一個看坡人也一定是一個窮人，他必是自己窮得連一隴田地也沒有，他才能取得這看坡人的資格，而且他必定有一種可怕的性子，膽大，詭譎，無賴而且强悍，不然他將沒有方法使偷莊稼的人不敢折一支穀穗，捋一把豆角。這個瞎東西是有作一個看坡人的資格的，雖然沒有眼睛絕不是看坡人的必要條件。

這一帶人對於那個瞎東西均存一種懼怕心理。富人們惟恐他不忠於他的職務，如果

看坡人

每當秋收時候，看坡人到處巡邏着。

早晨的太陽，剛剛離地丈多高，已經成熟了的黃金色田禾上，尚綴着亮晶晶的露珠兒。夜裏寒氣已是稍稍爲暖煦所驅散，這時候便有許多肩挑子的，擕籃子的，從村中出發，給各處田地中收穫的人們送早餐來了。收穫的人們是早已盼着他們的早餐的，故不論已經收穫完了幾行莊稼，遠遠望見自己送飯人便都直起了腰身。他們的衣服是溼漉漉的，兩隻手上卻是不少泥土，於是就向尚未殺倒的莊稼上用殘留的露水把手洗過，再用頭巾把兩手拭乾，便摸起了各自的煙袋和火具來。一袋煙吸過之後，送飯人已經把早餐擺開，飯工頭目便用了木頭杓子舀起半杓稀粥，向田地上澆奠着，並向着天空禱告道：

「老天爺，收穫莊稼要晴天，莊稼上場要太陽啊，今天啊，不要刮風，不要下雨，風調雨順，五穀豐登啊。」

當然，假如旱了很久，應當下雨而仍不下雨，那時候的禱告一定是：「落雨吧，落

序

这是我的散文选集。这些文章是从已经出版的几个集子里选出来的。这几个集子的名字是：《画廊集》（一九三六），《银狐集》（一九三六），《雀蓑记》（一九三九），《圈外》（一九四三），和《回声》（一九四三）。

由于近来兴趣的转移，虽然仍旧继续写作，但像过去这样的文章恐怕不会再有。年龄的增长，生活的变化，都在使一个人风格改变。时间过得真快，计算起来，我已经有将近十年的习作过程，为了要把这一个段落作小小结束，我编成这个选集。

能把自己的作品编印成书，这总是一件乐事。但当书既印成，尤其当过了多少岁月而再回头重读自己作品的时候，便不能不感到疚心，因为其中稍可满意的固然也有，而太不成器的东西也许更多。为了把一些太不成器的东西加以删除，为了使自己看起来稍稍安心，我编成这个选集。

而且，直到现在，我才知道自己能细心改正自己的文章是一件有趣而又有意义的工作。不但目前刚刚写成的作品要细心改正，即当重读旧作而发现当年所写那些繁冗芜蔓之处的时候，也不能不像批改学生文卷的地大事裁汰。在这个选集中，虽然有些文章是选入了，其中经过改正的却也不少。是由于这个选集，才使我有一次“改过”的机会。

为了给自己的作品划一个段落，为了使自己看起来稍稍安心，或为了使自己有一次“改过”的机会，等等，说来说去，还只是为了自己。除却为了自己，对于别人，甚或对于自己以外的什么其他，是否也还有什么用处呢？这个我就不很清楚，我想是不会有什么大用处的，因为那种既可经世济民，又可垂之永久的文章，我这里是一篇也没有。我常常在私心里藏着这样一个比喻：比之于那高大而坚实的乔木，我这些小文章也不过是丛杂的灌木罢了。灌木是矮矮的，生在地面，春来自生，秋去自枯，没有矗天的枝柯，也不会蔚为丰林，自然也没有栋梁舟车之材，甚至连一树嘉荫也没有，更不必说什么开花与结果。顶多，也不过在水边，山崖，道旁，冢畔，作一种风景的点缀，可以让倦飞的小鸟暂时栖息，给昆虫们作为住家而已。我想，我这些文章也不过如此罢了，因名曰《灌木集》。

三十二年八月二十日，昆明

目录

一

种菜将军

去年秋天，不知为什么我又回到故乡去了。刚到家，便看见父亲匆匆忙忙是正要出门的样子，老脸上一副愁容，颇使我无端地有点担心起来。问父亲要到哪儿去呢，只说“要去给伏波穆将军送丧”，并不再问及我的行止，就沉默着独自出门了。

“伏波将军真可以算是无福的人了，”父亲去后，家里人们这样说，“如死在当年，真不知要有怎样热闹的殡仪呢。”不曾得到死耗，却只由传闻而知道今天是将军的殡期，从将军咽气时起，到今天才有两日，据说，是打算于不声不响中把将军送到祖遗的墓田去。“显赫一时，也终于如此完了。”说话人带着叹息。

伏波将军的生平我知道得不甚详细。但从最初的记忆起，就知道是一个极忠厚、极勇敢的军人，称做“将军”，也不知怎样缘起，自始至终，也不过一个乡间的民团团长而已。自己十几岁时，

二

住在乡间，是常常见到将军的，那时候，大概也就是将军最负盛名的时代。将军的营寨，距我们的村子不远，夏秋两季，青纱帐起，正是巡防时候，常于傍晚，听到军号声从野外响来，于是有多少村中男女，都推下饭碗而出来站街一望。将军骑一匹青骢大马——其实，这时候已经是下马而步行了：这个乃赢得了乡下人的好言谈，说是做了高贵的显官儿，还要下马过庄，真是罕见罕闻的事，于是又有人更进一步说，距村子还有半里之遥，将军就脱帽下马了。

事实是这样的，无论将军是着了长绸衫、大草帽，或着了满饰金章的军服与军帽，只要经过一个村落，就一定可以看见他的又圆又亮，而又满面红光的大脑袋。那面色红得可爱，人会说那就是他的福气之所在。一对眼睛，也许嫌小些，不甚威武，然而那里却满含着和气的光彩。只要有人——不论什么人，村长地保之类自不待言，就连荷蓧牵牛者流也是同然——同他一招乎，就可以看见那一颗大头颅向路旁点了又点，一朵微笑早已挂在嘴边，丝毫也不带做作的意思。也许又从什么地方捉来盗匪了，也许又从哪儿牵来赌徒了，也许只是各处走走，随便走走，也就可以镇压四方了。真的，谁还不晓得“神枪穆爷”呢。“神枪”这绰号响遍江湖，一般走黑道人听了都怕，不但怕，且也敬服。一手两把匣枪，曾只身探过匪窟，三十个人不能靠前，却被他击毙十数。曾杀过多少，也放过多少了，总说是在

三

他手下不许有一个屈死的灵魂。

乡下人也总喜欢讲这些，总爱把伏波将军的为人当故事来讲论。讲伏波将军的前代，他的祖父、父亲，都曾做过显达的武官。讲伏波将军当年怎样在自己家里练习枪法，用一只煤油桶拴在高高的树顶上，每早要射击十把。讲伏波将军怎样慷慨好义，除却官兵之外，食客养到百八十之众。讲伏波将军在作战时怎样受神的护持，连风雨雷霆都做将军的助手。于是又有人讲，伏波穆将军就是三国关公的后身。乡下人最爱谈论的，恐怕还是将军家里的阔绰吧，好像他们都很熟悉将军家里的一切。将军家里有两辆轿车，三辆火车，一辆马车，另外还有三乘轿子。拉车的好马十二匹，骑马八匹，这些马又都有很好的名色，譬如有一匹叫做“乌骓”，有一匹叫做“黄骠”，似乎还有一匹叫做什么“下海龙”……此外呢，还有一头顶好的黑毛驴，名字好像是“草上飞”之类，是专为了传递来往信息的。有时候，这些车辆马匹会全体出动，譬如有什么盛会，看社戏，赶香火，或是到县城里去给县长拜寿。自然了，这一行都是将军的眷属，大太太、二太太、三太太，她们坐轿子，而每人又各带一个侍女；大少爷、二少爷、三少爷等，他们有的坐马车，有的坐轿车。此外呢，当然还有十几个随从，几十个卫兵。这一行列是很值得一看的，乡下人就是喜欢这个，乡下人就是顶佩服这个。乡下人不谈别的，只会说将军有“命”，这一切都是将军的功劳给赚的。

多少年来，我不曾回到故乡去，此后的伏波将军，我也就更不清楚了。模模糊糊地，似乎还听说过，将军的大少爷到一个都市里入大学去了，并听说这位少爷不但不知道读书，且十足的浪荡无赖。嗣后，又听说将军的军队被裁撤了，家道也渐渐衰落了下来。从前的朋党也渐渐散去，与日俱增的，却是些狭路仇雠。自然，将军在当年恐难免得罪过多少宵小，趁时报复，也是一般的情理中事。一直到了三四年前的一个春日，我才又在一次十分意外的机缘里遇到了晚年的将军。

是那一次初到家的第三天吧，要去看一个多年不见的老朋友。骑一头小毛驴，伴一个老驴夫，自然，驴夫是自己家乡人。出来自己村子十余里，便一直沿河堤东去。这些地方，都是旧经行处，虽然老屋已换了新屋，老树也代替上了新树，但依然是那一带长堤，一堤青草，两行翠拂人首的官柳，又何况是微风细雨时候，是的，我忘不了那天的微风细雨，再一面看隐约的河水，一面看烟雨中的村落，都不免使我重有眷顾之情，觉得这真是一个久别，一个新归，这里的人们已经经过了多少沧桑呢？颇有些暗自惊心了。我同驴夫都不做声，只听见驴蹄在软泥道上跎跎作响，我们走过了龙王庙，又走过了梯子坝。走过这坝，便是正对着杨叶村的杨叶渡了。忽然，我被一个似曾相识的面孔给怔住了。“我认识他。”心里这样想。“但那一定不是他。”却又这样自驳了。无疑地，那是一个五十来岁的种菜人，戴一顶团团大苇笠，穿一身蓝布短裤褂，赤着双脚，拿一把长铲倚在一个菜园口的树下，呆着，休息着，也许是正在那儿看雨吧。那一副面孔，毕竟不是我记忆中的那一个，只是，不知在哪一点上的相同而使我这样回忆着罢了。也许老驴夫已看出了我的惊异，这一次就轮着他来开口了：

“怎么，你难道就不认识这个人了吗？”

“是啊，认识倒不敢说，只是有些面熟。那么你呢？”

“我吗，我倒认识他，可惜他不认识我，这不就是当年的伏波穆将军吗？”

说这话时，我们已走过菜园数十步之远了。他的回答虽然证实了我的记忆之不错，然而也更增加了我的惊异了。详细问过驴夫，才知道伏波将军自从下马之后，就自己捡起了那件生意，仗着自己身子壮实，还能够谋生有余，且足以自娱天年。所谓菜园，其实也就无异于一座花园，园里边花和菜几乎各占了一半。雇一个壮年园丁，拧辘轳，推菜车，自己则做些零星生活。养一条小狗守夜，养一群母鸡下蛋，养一只百灵鸟儿叫着好玩。这样，那位种菜将军也就很够自己享受的了。至于当年的事情呢，很少有人同他谈。偶尔谈起来，他只是冷笑着说：“远年了，都已忘怀了。”家产当然谈不到，人呢，也都物化星散。大太太死了，两个姨太太都随人改嫁。大少爷曾说是就

六

要出官了，就要出官了，到底官不曾出，到现在连一点消息也不见。两个小少爷是于将军下马之后不久就被匪掳去，至今也没个下落。家里的东西只要可以变卖的都已变卖，只有几套老房子还站在那儿——在杨叶村。似乎是为了当年的繁华在支撑着门面。而所谓将军的“家”者，也就是这亲手经营的几亩菜园了。

这就是我所知道的伏波将军。此外呢，便是将军死后的情形了，那是父亲送殡归来后告诉的。事情很简单，一口杨木棺就结束一切了。没有送葬人，除却几个世交旧友，更没有什么仪仗，除却有好事者给写了一幅纸旌，旌上大书特书曰：“××省 ×× 县 ×× 团团长伏波穆将军”。

野店

太阳下山了，又是一日之程，步行人，也觉得有点疲劳了。

你走进一个荒僻的小村落，——这村落对你很生疏，然而又好像很熟悉，因为你走过许多这样的小村落了。看看有些人家的大门已经闭起，有些也许还在半掩，有几个人正迈着沉重的脚步回家，后面跟随着狗或牛羊，有的女人正站在门口张望，或用了柔缓的声音在招呼谁来吃晚餐。也许，又听到几处闭门声响了，“如果能到那家的门里去息下呀，”这时候你会这样想吧。但走不多远，你便会发现一座小店待在路旁，或十字路口，虽然明早还须赶路，而当晚你总能做得好梦了。“荒村雨露眠宜早，野店风霜起要迟。”这样的对联，会发现在一座宽大而破陋的店门上，有意无意地，总会叫旅人感到心暖吧。在这儿你会受到殷勤的招待，你会遇到一对很朴野、很温良的店主夫妇，他们的颜色和语气，会使你产生回到了老家的感觉。

八

但有时，你也会遇着一个刁狡的村少，他会告诉你到前面的村镇还有多远，而实在并不那么远，他也会向你讨多少脚驴钱，而实在也并不值那么多，然而，他的刁狡，你也许并未看出刁狡得讨厌，他们也只是有点拙笨罢了。什么又不是拙笨的呢。一个青生铁的洗脸盆，像一口锅，那会是用过几世的了，一把黑泥的宜兴茶壶，尽够一个人喝半天，也许有人会说是非常古雅呢。饭菜呢，则只在分量上打算，“总得够吃，千里有缘的，无论如何，总不能亏心哪！”店主人会对每个客人这样说。

在这样地方，你是很少感到寂寞的。因为既已疲劳了，你需要休息，不然，也总有些伙伴谈天儿。“四海之内皆兄弟呀！”你会听到有人这样大声笑着，喊。“啊，你不是从山北的下洼来的吗？那也就算是邻舍人了。”常听到这样的招呼。从山里来卖山果的，渡了河来卖鱼的，推车的，挑担子的，卖皮鞭的，卖泥人的，“拿破绳子换洋火的”……也许还有一个老学究先生，现在却做着走方郎中了，这些人，都会偶然地成为一家了。他们总能说慷慨义气话，总是那样亲切而温厚地相招应。他们都很重视这些机缘，总以为这也有神的意思，说不定是为了将来的什么大患难，或什么大前程，而才先有了这样一夕呢。如果是在冬天，便会有大方的店主人抱了松枝或干柴来给煨火，这只算主人的款待，并不另取火钱。在和平与温暖中，于是一伙陌路人都来拱火而话家常了。

九

直到现在，虽然交通是比较便利了，但像这样的僻野地方，依然少有人知道所谓报纸新闻之类的东西。但这些地方也并非全无新闻，那就专靠这些挑担推车的人们了。他们走过了多少地方，他们同许多异地人相遇，一到了这样场合，便都争先恐后地倾吐他们所见所闻的一切。某个村子里出了什么人命盗案了，或是某个县城里正在哄传着一件什么阴谋的谣言，以及各地的货物行情等，他们都很熟悉。这类新闻，一经在这小店里谈论之后，一到天明，也就会传遍了全村，也许又有许多街头人在那儿议论纷纭，借题发挥起来呢。说是新闻，其实也并不全新，也许已是多少年前的故事了，传说过多少次，忘了，又提起来了，鬼怪的、狐仙的、吊颈女人的，马贩子的艳遇，尼姑的犯规……都重在这里开演了。有的人又要唱一支山歌，唱一阵南腔北调了。他们有时也谈些国家大事，譬如战争灾异之类，然而这也只是些故事，像讲“封神演义”那样子讲讲罢了。火熄了，店主东早已去了，有些人也已经打了合铺，睡了，也许还有两个人正谈得很密切。譬如有两个比较年轻人，这时候他们之中的一个也许会告诉，说是因为在故乡曾犯了什么不可饶恕的大罪过，他逃出来了，逃了这么远，几百里、几千里还不知道，而且也逃出了这许多年了；“我呢……”另一个也许说——我是为了要追寻一个潜逃了的老婆，为了她，我便做了这小小生意了。他们也许会谈了很久，谈了整夜，而且竟订下了很好的交情。“鸡声茅店月，人迹板桥霜。”窗上发白，街上已经有人在走动着了，水桶的声音，辘轳的声音，仿佛是很远、很远，已经又到了赶路的时候了。

呼唤声，呵欠声，马蹄声……这时候忙乱的又是店主人。他又要向每个客人打招呼，问每个客人：盘费可还足吗？不曾丢掉了什么东西吗？如不是急于赶路，真应当用了早餐再走呢，等等。于是一伙路人，又各自拾起了各人的路，各向不同的方向跋涉去了，“几时再见呢？”“谁知道？一切都没准儿呢！”有人这样说。也许还有人多谈几句，也许还听到几声叹息，也许说：我们这些浪荡货，一夕相聚又散了，散了，永不再见了，话谈得真投心，真投心呢。

真是的，在这些场合中，纵然一个老江湖，也不能不有些惘然之情吧。更有趣的，在这样野店的土墙上，偶尔你也会读到用小刀或瓦砾写下来的句子，如某县某村某人在此一宿之类，有时，也会读到些诗样的韵语，虽然都鄙俚不堪，而这些陌路人在一个偶然的机遇里，陌路的相遇又相知，他们一时高兴了，忘情一切了，或是想起一切了，便会毫不计较地把真情流露了出来，于是你就会更感到一种特别的人间味。就如古人所歌咏的：

“君乘车，我戴笠，

他日相逢下车揖。

君担簦，我跨马，

他日相逢为君下。”

——这样的歌子，大概也是在这样的情形下产生的吧。

“俺吃枣。”傻子这样说。

他这样说过多少次了，对爸爸说，对妈妈说，但爸妈都不理他。他依旧是悄然地，微笑着，肩起粪篮出门去了。

名叫傻子，他自己知道。但现在有多大岁数呢？却连傻子自己也不知道。傻子的爸妈说：“今年傻子十五岁了，”于是人家也说：“今年傻子十五岁了。”但这数目，也会被人家怀疑，人们时常地谈到这个。傻子的爸妈都是将近暮年的人了，他们几乎没有一刻不把自己的身后事放在心上。没有儿子时，盼儿子；儿子有了，却是这么一个！他们知道这原是他们的造化，十几年来，他们就被“造化”两个字安慰着。现在，他们唯一的希望就是给傻子提门亲事，而且愈早愈好，他们希望能在他们的晚年见到孙孙，他们把一切的希望都放在遥远的孙孙身上了。几亩薄田，几间土屋，以及锄耙绳索之属，都应有所寄托。这有谁能知道呢，也许傻子还有点天分，命运既能给人以不幸，命运也会给人以幸福。为要早给傻子找得女人，于是说："傻子今年十五岁了。"虽然说是十五岁了，却依然没有谁家的女儿肯跟傻子，傻子的爸妈很悲哀。

傻子的日常生活是拾粪，清早起来，便肩了粪篮出门。他沿着村子的大路走去，凡村子附近的道路他都熟悉。当看见道上有牲畜的遗粪时，他知道用粪锸把粪拾到粪篮里，然后又走道。不管早晚，只要肚里觉得饿了，就回到家里"要吃的"，夜了，便回到家里安息。不知怎地，这一天他却忽然想到要吃枣了。枣是甜的，他知道。他吃过枣。但他愿意吃更多的枣，他愿意得到更多的枣。他更愿意看见垂挂在树上的枣。"俺吃枣。"屡次地对爸妈这样说了而不被理会，这恐怕也是当然的事情罢。傻子的爸妈听了这样莫名其妙的话，只会感到厌烦，甚至这类的话听惯了，便会听而不闻。

傻子出门带一副笑脸。他常爱把一个笑脸送给过路人，送给驴子，并送给驴粪。现在，他一出门却又把一个笑脸送给了暮秋的长天，并送给了苍黄凋敝的木叶。在路上，他遇见了绿衣的邮差，他微笑着说："俺吃枣。"遇着肩了大柳条筐的打柴人，他又微笑着说："俺吃枣。"邮差和打柴人都不睬他，过去了。他又遇到些相熟的邻人，他同样地向他们说了，他们却只回赠他一个微笑。本地的孩子们是总爱同他嬉闹的，只要相遇，便不免有一番恶剧。孩子们对他说："什么？你要吃枣

（早）吗？天不早了，你吃晚罢。”于是傻子微笑。孩子中的一个又说：“傻子，叫我爸爸。”于是傻子叫爸爸。另一个说：“叫姑爷。”于是傻子叫姑爷。傻子悄然地独自走开了，他们又把沙土扬在他身上，把土块掷在他头上。傻子急急忙忙地逃开去，还是微笑着。

傻子近来变得有点特别，他拾不到多少粪，却走了很不少的道。他肩了空粪篮，在各个村子里逡巡着，在各条大道小道上徘徊着。他像在寻求着什么似的。常是睁了大眼睛，默然地闯入了人家的园林，或是笔立着，呆望着碧澄的天空。他简直像一个梦游者似的在各处漂荡着。有一次，他竟荡到黄河的岸上去了。他喜欢，他知道横在他面前的是黄河。他把一个笑脸送给了黄河。晚秋的黄河是并不十分险恶的，但水面的辽阔，也还同盛夏时一样，几乎一眼望不清隔岸。浊浪澎湃，像有成群结队的怪兽在水面舞蹈，且怒吼着。河边上很冷清，没有过河人，也没有行路人。他喜欢极了。他把粪篮丢在一边，倚了粪锸作杖，呆呆地站着向隔岸眺望。“几时这些黄汤能停下来呢？”他许在这样想罢，傻子在望洋兴叹了。

就在不久以前，傻子在路上曾遇到过三个卖枣的小商贩。他们的枣快要卖妥了，在路上停下来休息，准备着当天要渡河回家。这时候，傻子肩了粪篮走来了。他看见三个陌生人正在那儿吃枣子，他也停住了脚步，并把一个微笑送给了三个陌生人。三个人中的一人说："请坐，请坐。"傻子只是微笑地站着。三个人中的另一个又说："请吃枣，请吃枣。"说着，把一把枣子递给他，傻子就伸了两手把枣子接过。不多会，他默默地把枣子吃光了，于是又微笑着向三个陌生人说："俺还吃枣。"因为他们已经看出站在他们面前的是什么人了的缘故，其中的一个便戏谑地说："好哪，你想吃更多的枣子吗？那么就跟了我们来罢。我们河北的枣子真好，口头甜得很啦。我们河北遍地是枣树，满树上垂挂着红枣子，满地上落下了红枣子，真的，让你尽吃也吃不净啦。"话还不曾说完，他们都不约而同地站了起来，重整了手车和担子，顺着大路走去了，其中的一人却又回头来招呼着说："来罢，同我们到河北去吃枣子罢。"

现在，傻子是居然站在黄河的岸上了。他很快乐。他把更多的微笑送给黄河。他在试量着渡过这黄河。试量着，只是试量着罢了，他并不曾向前更进一步。黄河里的怪兽尽恐吓他，并怒吼着："不——许——过，不——许——过。"他又悄然地走开了。

暮秋时节，就像落日的沉入黑暗一样，很匆促地，就转到冬季的阴暗里去了。这期间，傻子还是照常地出门，照常地肩了粪篮在野道上彷徨。自然，傻子的爸妈是疼爱傻子的，不但早给他穿上了一身蓝土布的棉袄棉裤，而且有时还这样说了："天气太冷啦，傻子也不要再出门去了罢。"冬天来，是乡里人们闲散的日子，趁此央托亲戚邻舍们给傻子提门亲事，或是招个童养媳之类的念头，傻子的爸妈都曾经有过，因此，也更不愿再让傻子冒了冷风在外面跑了。但傻子自己是顾不到这些的，他照例还是出门去，无论什么天气，照例还是肩了粪篮在野道上走着。

又是一个冷风的日子，傻子出门去了，但出人意外地，傻子竟整天不曾归来。已经入夜了，依然不见归来。傻子的爸妈有点忧虑了。傻子的妈妈坐在菜油灯下等得很不耐烦。风敲着门板，风摇着窗格，总以为是傻子回来了。她对傻子的爸爸说："傻子在暗夜里不知被北风刮成什么样子了。"傻子的爸爸却沉着脸，一言不发地兀自走到了街上。街上很荒凉，只有冷风扫着灰土和枯叶。他毫不犹豫地又走向了旷野，于是在对面不见人的黑暗中，随了北风的怒吼，一个老人像饿狼哀号似的呼喊起来了。

次日清晨，天气更冷些，傻子的爸爸还在找傻子。他向各村里去访问，他向各路上去寻觅，他竟找到黄河的岸上去了。河面上已结了厚厚一层冰，只在河道的中流，隐隐约约似还看得出有明水在流着。傻子的爸爸沿着河边走去，最后，他终于找到了：一个空粪篮和一把铁粪镭，它们都斜卧在河岸上，静静地，似在等待过路人走来捡拾。

悲哀的玩具

依然不记得年龄，只知道是小时候罢了。

我不曾离开过我的乡村——除却到外祖家去——而对于自己的乡村又是这样的生疏，甚且有着几分恐怖。虽说只是一个村子吧，却有着三四里长的大街，漫说从我家所在的村西端到街东首去玩，那最热闹的街的中段，也不曾有过我的足迹。我的世界是那样狭小而又那样广漠，因为从小时候我就是孤独的了。

父亲在野外忙，母亲在家里忙，剩下的只有老祖母，她给我说故事、唱村歌，有时听着她的纺车声嗡嗡地响着，我便独自坐在一旁发呆。这样的，便是我的家了。

外面呢，我也常到外面去玩，但总是自己个。街上的孩子们都不和我一块游戏，即使为了凑人数而偶尔参加进去，不幸，我却每是做了某方面失败的原因，于是自己也觉得无趣了。起初是怕他们欺侮我，也许，欺侮了无能的孩子便不英雄吧，他们并不曾对我有什么欺侮，只是远离着我，然而这远离，就已经是向我欺侮了。时常，一个人踽踽地沿着墙角走回家去，“他们不和俺玩，”这样说着一头扑在了祖母的怀里，祖母摸着我的头顶，说：“好孩子，自己玩吧。”

虽然还是小孩子，寂寞的滋味是知道得很多了。到了成年的现在，也还是苦于寂寞，然而这寂寞已不是那寂寞，现在想起那孩子时代的寂寞，也觉得是颇可怀念的了。

父亲呢，他永是那么阴沉，那么峻严，仿佛，历来就不曾看见过他有笑脸。母亲虽然是爱我——我心里如是想——但她从未曾背着父亲给我买过糖果，只说：“见人家买糖果就得走开。”虽然小吧，也颇知道母亲的用心了，见人家大人孩子围着敲糖锣的担子时，我便咽着唾沫，幽手幽脚地走开：后来，只要听到外面有糖锣声，便不再出门去了。

实际上说来，那时候也就只有祖母一个人是爱我吧。她尽可能地安慰我，如用破纸糊了小风筝，用草叶做了小笛，用秫秸插了车马之类，都很喜欢。某日，我刚从外边回家，她老远地用手招我，低声说：“来。”

我跑去了，“什么呢，奶奶？”我急喘地问。

“玩艺儿，孩子。”

说着，从针线筐里取出一包棉花，伸开看时，里面却是包着一只小麻雀。我简直喜得雀跃了。

“哪来的麻雀呀，奶奶？”

“拾的，从檐下。八成是它妈妈从窝里带出来的。”

“怎么带到地下来？”

“傻孩子！大麻雀在窝里抱它，要到外面去给它打食，不料出窝时飞得太猛了，就把它带了出来，几乎把它摔死哩。”

我半信半疑地，心里有点黯然了，原是只不幸的小麻雀呀，然而我有了好玩具了。立刻从床下取出了小竹筐，里面铺了棉花，上面蒙了布片，这就是我的鸟笼了。饿了便喂它，我吻它那黄嘴角；不饿也喂它，它却不开口了。携了竹筐在院里走来走去，母亲见了说：“你可有了好玩物了。”

这时，我心里暗暗地想道：那些野孩子，要远离就远离了吧，今后我就不再出门了，反正家里有祖母，又有了这玩物，要它长大起来能飞的时候就更好了。

晌午，父亲从野外归来，照例，一见他便觉得不快，但，我又怎晓得养麻雀是不应当呢！

“什么？”父亲厉声问。

“麻——雀——”我的头垂下了。

“拿过来！”话犹未了，小竹筐已被攫去了；不等我抬起头来，只听呼的一声，小竹筐已经飞上了屋顶。

怎样啦？自然是哭了，哭也不敢高声，高声了不是就要挨打吗？当这些场合，母亲永是站在父亲一边，有时还说：“狠打！狠打！”似乎又痛又恨的样子。有时候母亲也曾为了我而遭父亲的拳脚，这样的心，在作为小孩子的我就不大懂得了。最后，还是倒在祖母怀里去啜泣。这时，父亲好像已经息怒，只远远地说：“小孩子家，糟践信门，还不给我下地去拾草去！”接着是一声叹气。（注——糟践信门，即草菅生命。）

祖母低声骂着，说：“你爹不是好东西，上不痛老的，下不痛小的，只知道省吃俭用敲坷垃！不要哭了，好孩子，到明老奶奶爬树给你摸只小野鹊吧。”说着，给我擦眼泪。（注——敲坷垃，即劳苦种田。）

哭一阵，什么也忘了，反正，这类事是层出不穷的。究竟那只小麻雀的下落怎样，已经不记得了。似乎到了今日才又关心到了二十年前的那只小麻雀，那只不幸的小麻雀，我觉得它是更可哀的了，离开了父母的爱，离开了兄弟姊妹，离开了温暖的巢穴被老祖母捡到了我的小竹筐里，不料又被父亲给抛到那荒凉的屋顶上了，寂寞的小鸟，没有爱的小鸟，遭了厄运的小鸟啊！

在当时，确是恨着父亲的，现在却是不然：反之，却又是觉得他是可悯。每当我想起：一个斑白的农夫，还是披星戴月地忙碌，为饥寒所逼迫，为风日所摧损，前面也只剩着短短的岁月了，便不由得悲伤起来。而且，父亲是没受教育的人，他生自土中，长自土中，从年少就用了他的污汗去灌溉那些砂土，想从那些砂土里去取得一家老幼之所需，父亲有着那样的脾气，也是无足怪的了。听说，现在他更衰老了些，而且也时常念想到他久客他乡的儿子。

雉

小时候，养过一只野鸡，从毛羽未丰时养起，所以它是很驯熟了，它认得我，懂得我的言语，并能辨识我的声音，我就是那小鸟的母亲了。

这小鸟渐渐地长了花翅，当我用口哨唤它时，它把翅膀扇着，张了嘴，咯咯地叫，我吻它，喂养它，心里很喜欢了。暗想道："你快些长大起来吧，要能飞就好，你可以站在我腕上，站在我肩上，或飞在我的头上。我可以带你到旷野去。那里是你原来的住家，你可以再回到你的森林了。但当我用口哨唤你时，你要再向我的肩上飞来，我再带你回家，那就顶快乐了。"

果然，不久它就能飞了，毛羽更美了。一只小鸟的长成比一个小孩的长成快得多多，我想，如果我也能赶快长大起来就好，如果能长了它那一双翅子就更好。有时，这样的愿望竟在梦里实现了，我同我的野鸡飞着，我同它一般大小，轻轻地，飞过了树林，飞过了小山，飞过了小河，我听到我的翘膀扇着的声音了，最后是被母亲捉住了这才醒来。虽然知道这是梦吧，却极喜欢，刚从床上起来便去看我的野鸡，我觉得它更长大了些，也更可爱了。

它饿了便叫，我用口哨唤它，飞到我的手上来了，这只是一种初飞的学习，它的翅膀还是软软的。它确有惊人的进步，我每每同它逗引着玩，我在前边哨着跑，让它在后面叫着追，当它又飞到我的手上时，我就抚着它的背安慰它。母亲说：“把它装到笼里去吧，不然，它要飞到树上去了。”哥哥说：“把它的翅子麻起来吧，怕它要飞向山林去了。”我说：“不，它已经很驯熟了呢。”

像哥哥母亲所说，那是太残忍了，而且也太没趣了，还是这样好。有一天，我要使它练习高飞，我把它托在掌上，说：“飞吧！”把手一举，它就飞了，果然就飞到了院里的树上，它在那里点头，摇尾，扇着翅望我，我说：“给我下来吧。”它就又飞到了我的手上。心想，这就好了，我很信任这只野鸡的心了。将来我要到田野去工作，带它同去，就让它到池边的树上去玩着吧，等工作完了时，我就唤它下来，我们再一同回家，那就顶快乐了。

日子过得很快，也很快活，我时常把我的野鸡放到庭院的树上，就这样，它是被我养大了。我并不希望它感激我，只希望它健康地活下去，而且伴着我工作，伴着我游玩，它要永久地伴着我，这样我就很满意了。爱管闲事的哥哥同母亲，老是要我提防它，说它有“忘恩负义”的心肠，我怎能信得这些，他们的话是对“人”说的，不是对“鸟”，而这只野鸡又是这样的驯熟了。我总爱把它放到树上再把它唤下来，这样，可以表示我驯养这鸟的功劳，更给他们看看这鸟对我的忠心。但有一次它飞到了树上去竟是唤也不来，只用了惊异的眼向四周窥探，向远处遥望，望了远方再望我。“你望些什么呢？”我说，“难道你望着那绿的山林吗？”说着，它却又飞了下来，我分明地看出，在它眼里有着惊怖的神色，我的手，似乎触到它的心的跳动了。我说：“绿的山林是可爱的，但我这里也并不是不自由啊。”它好像很感动，用嘴尖轻轻地啄我的手心，它小时候，这手心原是它平安的饭碗哩。

夏天了，田野里真绿得可爱，从田野那方面吹来的凉风，每令人想到：如果到那山阴的林里去睡下就幸福，到小河里去洗澡也快乐。住在家里是这样热，我的野鸡是这样不安，每是停在院里的树上东张西望，这也就难怪了，现在，它的能力已是完全齐备了吧，说不定它也许要飞回它的老家，但我又怎能缚它的脚或麻它的翅呢，这样的大鸟装在笼里也太不像样，养大它是为了看它飞，那么就让它飞吧。而每次当它飞了又回来时，就觉得它更可爱。

有一天，它又飞到树上去了，它从这枝跳到那枝，从这树又跳到那树，它向远方张望了又把翅子屡次鼓动着，我用手招它，哨着唤它，它向我低回了一眼，也并不是不表示着惋惜，但终于下了决心，似乎说："再见吧，哥哥！"把尾巴一摇，向旷野飞去了。

我是变成了什么样呢？我在树下待了多时呢？我可不知道，想哭，也哭不出。我也跑向旷野去了。这天的天气太热，太阳把火焰直摔到地上，田里的稻都垂了头，树叶也懒怠颤动了。我漫山遍野地去找我的野鸡，太阳要落山的时候我还在旷野里踯躅着，我的口哨也无力再吹了，我说："你这野鸟，今番你是幸福的了。"不知怎地，想到幸福两字时眼里就落下泪来，当时，真想也住在绿野里才好哩。正这样想时，却使我大吃一惊：不曾找到野鸡，倒遇到哥哥了，哥哥是特地来寻我的。害羞呢？还是悲哀呢？莫知所以了。"长大了便飞，明年再养只小的吧。"听了这样的安慰和哥哥一齐回到了家里。

整个的夏天我都思念着我那野鸡。在家里就听着：是不是它又飞了回来；在野里便寻着：是不是它还能认得我。夏天去了，天气也凉爽了，而我的野鸡还不曾归来。母亲说："你也长大了，不要再玩什么野鸡，秋凉了送你上学堂去吧。"于是我就被关在了学堂里，一直到现在。

道旁的智慧

《道旁的智慧》（*wavside wisdom*）是英人玛耳廷（E. M. Martin）的一本散文集。翻开本书的第一页，在书名下边有这样一句话，“A book for quiet people”，这话便引起我对于这书的兴趣。自己虽然不必属于什么“有闲阶级”，而习于安静却是事实，大概这也是弱者的特征之一，也许就有着不得已的苦衷吧，孟浪起来，或是混在热闹场中，是一定要失败的，于是不敢热闹，也就不喜欢热闹了。在玛耳廷的书里找不出什么热闹来，也没有什么奇迹，叫做“道旁的智慧”者，只是些平常人的平常事物（然而又何尝不是奇迹呢，对于那些不平常的人）。似乎是从尘埃的道上，随手掇拾了来，也许是一枝野花，也许是一根草叶，也许只是从漂泊者的行囊上落下来的一粒细砂。然而我爱这些。这些都是和我很亲近的。在他的书里，没有什么戏剧的气氛，却只使人意味到淳朴的人生，他的文章也没有什么雕琢的词藻，却有着素朴的诗的静美。

玛耳廷爱好自然，也喜欢旅行。他的旅行，并不是周游世界，去观光各大都市的繁华，更不是远涉重洋，去拜访什么名人的生地或坟墓，他似乎只浪游在许多偏僻地方，如荒城小邑，破屋丛林。而他所熟识的，又多是些穷困的浮浪者，虔诚的游方香客，以及许多被热闹的人们所忘掉的居者与行者。凡此，都被我所爱，最低限度，都能被我所了解，因为我是来自田间，是生在原野的沙上的，对于那田园的或乡村的风味，我很熟悉，而且我也喜欢那样的旅行，虽然还不曾那样旅行过。

玛耳廷没有大量的作品出世，据说只有三本，而我则只读过两本，就是这《道旁的智慧》和他的一本诗集 *Apollo to Christ*。另一本不曾读到的是散文集 *The Happy Field*。在他的诗集的前面有出版者对于玛耳廷的批评，是引用了 *Coun try Life* 中的话：

“从主观的事实上，玛耳廷实可被称为博学者。同样，也是一个旷达的哲人。他有着容易使人亲近的风格。他的作品是爱‘关怀于太阳、月亮和星星的一流人的’，而且，也很容易使人察知他的观点，像他那样徜徉于尘埃的野道之旁，赏识了各色各样的漂泊者，除却那炫耀的电光、凶悍的摩托声，以及那发着恶臭的烟云等，因为它们搅扰了他的野游之兴，而使他感到了大大的不安。”

《道旁的智慧》里有一篇是专讲箴言的。现在择译一段，以见他的风格之一斑。

“……东方是特殊的生产箴言的地方；那些图画似的智慧之零星，是永久贮藏在人的记忆里，就像骆驼之贮藏了水，为了它们长远而寂寞的沙漠之旅行。在那里，生活是悠闲的、安定的，而且又是纯朴的，人们都有沉思的余暇；他们能看到他们自己的灵魂之深处，并试着去学得旅途的神秘，从静默到静默，这就是我们所谓生活这回事；因此，东方人的箴言，大多数对于我们西方人的耳官是不甚熟悉的。鉴赏太阳、月亮或星星，静聆风的歌唱，听自然在沉默中低语，她的纤细的语声透过了大地的温馨，树叶的颤动，或是流水的清响，凡此，比之于已经写成或尚未写成的著作，都是更好的教训。而且，当漫游于道旁时，这些智慧方被赐予，赐予那些伐木者、取水者，赐予那些有心肠的乞丐，以及那些终生祈祷并默想的圣徒，这些，在我们的愚昧中，通常是称为游惰的。

“大概，在所罗门（solomon）的箴言中，即使有所罗门自己的创作，也一定很少，那一定是些普通人的言语，被采集了来送到了皇宫里，因为那些道旁的尘埃，使他们向着生活的真理睁开了眼睛，这生活的真理是从万能的皇帝以及贵官们躲开，而显示给了那些浮浪者以及被摈弃者的。‘水中照脸，彼此相符。人与人心也相对。’第一个说这箴言的人，一定是一个仆仆风尘的倦旅者，傍着他的漫不相识的伴侣，休息在庄严的岩石之阴下，当他们已经饱饮了被炎日所忘掉而不曾被晒干的潭水之后。因为当此意外舒适的良时，人将坦然地向陌生者托出了他的良心并诉说出他的思想，这思想甚至是他宁愿对他的母亲守着秘密的。这样的话，就有着道旁的智慧之真实的声音。它们是永不曾被住在宫殿里的人们说起过的，在那里，水必须被取了去为皇室所用，虽然全世界上都渴得要死，而那些人们的秘密，又是永久保守得极其严密。”

在《道旁的智慧》里，多数是这样的文章，每一篇都显著地表明出他的风格，其中所谈的有“老屋”，“旅行”，“独居”，“城市之烟”，“贫穷的优越”，以及其他关于乡村的或传说的景物与故事，文章都是自然而洒落的，每令人感到他不是在写文章，而是在一座破旧的老屋里，在幽暗的灯光下，当夜深人静的时候，他在低声地同我们诉说前梦，把人们引到了一种和平的空气里，使人深思，忘记了生活的疲倦和人间的争执，更使人在平庸的事物里，找出美与真实。

另一本散文集 *The Happy Field*，据说完全是描写乡村生活的。假若玛耳廷可以被称为田园诗人的话，则这书或比较《道旁的智慧》更有趣，不曾得到这书，是不能不引为憾事的。幸而由 W 先生的介绍，得读到其中的一篇，“篱笆道旁的荷马”。这是写一个乡村的歌者，推了 Merry go round 的手车，在尘埃的道上流转，在乡村的市集上读他的 Chapbook，而且大胆地在他的书面上印了大字的广告："考林克劳提，乡村生活和普天下的奇事之新歌者"，国家的战争以及是非曲直等都不会使他关心，因为他知道一切大游戏，是只有最强者终获胜利，在他的诗歌里也找不出什么同情或怜悯来，除非对于那些"呜咽的骡子"和"哀号着的牡牛"，它们是既不为国家而战争，也不知道什么是光荣，而它们的哑默的英勇，是只有被考林克劳提歌咏着的。考林克劳提也不曾听到过勇敢的武士之狂吟，他却只听到了下贱的车马夫之欢歌。这种歌子是在道旁的小店里，当许多素不相识的旅伴遇到一处，传杯递盏，高谈阔论的时候所唱的，他们一次相遇之后，继而又走上各人的征途，于是我们的考林克劳提便亲手写下了那车马夫的歌子，当他又走上自己所爱的道路时。

从这"篱笆道旁的荷马"里，我们很可以看出那所谓"道旁的智慧"的基调来，而且在这篇文章里，好像玛耳廷在发明他的艺术的理论，又好像在探寻原始的真的诗之诞生。下面一段，是从这"篱笆道旁的荷马"里择译出来的，可以作为玛耳廷的艺术观，并作为本文的结语：

"真的诗歌，如同真的美，是永远不会被埋没的，纵然它是赤了脚，走在道旁的尘埃里；世间永有着无数的耳朵，为了这个诗人而听，更有着无数的眼睛，为了另一个诗人而视。就正如灵感的呼吸，它是‘任其所欲而吹送着的’，并不受任何人力的驱使；而且，有多少顶可宝贵的诗歌，是没有父亲、没有母亲的（我们不知道它们的作者）。只是一脉气息，被吹送到了这个世纪里来，就如曾经动荡在人们心里的一种声之回响，虽然没有人能给它确定一个名字！散曲残韵，第一支歌子，这在一个夏天的清晨，只为了一个纯粹的欢乐，或只是为了忧伤而歌于一个凄冷的狂风之夜，这些从一个无名者的胸中偶尔所得的收获，即使坟墓唱出了最后的薤露，即使那些知名之士的著作都被灰尘所封，或被束之高阁的时候，这些收获也将继续地生存着，至于永久。”

怀特及其自然史

约在十年前，某先生曾经介绍过法人法布尔的《昆虫记》，并说："也希望中国有人来做这翻译编纂的事业，即使在现在的混乱秽恶之中。"也许正因为直到现在依然是在混乱秽恶之中的缘故吧，终不曾有《昆虫记》之类的译著出现于中国，除却某先生自己曾写过关于草木虫鱼的文章。我常觉得这也是一种寂寞，而自己则限于能力和时间，至今还不曾读到那位"科学的诗人"的著作。不料，在无意中竟于旧书摊上得到了一本英人怀特（Gilber White）的《塞耳邦的自然史》（*The Natural History of Selborne*），真使我喜出望外。先读了序文，又随便读了几篇本文，心想道：这大概就是《昆虫记》之类的文章了，只是怀特所写的范围比法布耳的更广罢了。

怀特，于一七二〇年生于塞耳邦，一七三九年入牛津之奥勒耳学院，一七四三年得文学学士学位。嗣后，虽然被擢为公费研究员，应当再住在牛津，他却于一七五五年退休到故乡塞耳邦来了，在这里，他继承了父祖的遗产，一直到他的死年一七九三，大多时间，他是住在这村子里的。有人说，他曾经做过本地的牧师，但他始终不曾实任过牧师的职位，虽然他曾经做过近于牧师的事业。他把他的精力，都用在了观察自然上，观察所得，便写了信报告给友人，结果就是这本塞耳邦的自然史。这书被称做自然史（或博物学）该是不甚合宜的，因为这不是科学家的自然史，而是一个自然的爱好者，用了艺术的手笔，把造物的奇丽的现象画了下来的一部著作。

关于怀特的生平及其故乡塞耳邦，从温德耳（windle）的序文中，仅可以找到如下的材料：

怀特是终身未娶的。他的住宅就在塞耳邦的大街上，叫做“醒斋”。像怀特所说，这村子是“被罩在一座三百尺高的白垩山下”。山上有蓊郁的丛树，叫做“悬林”，怀特曾在一封信里告诉我们说：“这些山毛榉，是森林中最可爱的树，不论它的平滑的皮，光泽的叶子，或森然而下垂的枝柯。”靠近教堂，有怀特家的祖墓，也是荫在树林之下，其中最好的树是一棵庄丽的紫杉，这树周身有二十五英尺之大。在村子的中央有一片地方，叫做 The plestor，或叫做游戏场，在这场中，怀特曾说过：“立着一棵古老的大橡树，有着短而粗的树身，伸平的长枝干，几乎伸展到这空场的极边去了。这棵可敬的树，被围着许多石级，石级上满是座位，是老年和少年们的乐园，在这里，常常有夏夜的集会，老年人在这里热切地谈天时，青年们便在他们面前跳跃游戏。这大树，本来是可以永久立在那儿的，如不是被一七〇三年的暴风雨把它摧毁于顷刻之间，这使得这里的牧师和居民们非常不安，后来，牧师曾捐了很多钱把树身竖起，但一切徒然，这树虽曾又一度地吐过新绿，却终于枯死了。”到被摧毁为止，这树已有四百岁之寿，据说，后来是被一棵大枫树占着它的地方了。从这类简短的记述中，我们当可以想象出怀特的乡村之美，并知道，生活在这环境里的怀特是如何地关心于这些自然的事物。

关于怀特的乡村，他曾在另一封信里说道：“我们同穷人们在一处，他们都是清白而勤苦的。居民们都享受健康及长寿的幸福。村子里蜂拥着许多孩子。”在给他侄女的信里，又说，“我经历了同两个可爱的少年管家在一起的便利。当他们离开我时，我觉得是大大的损失了，也没有人给我打乳酒冻来增光我的餐席了。冬天，我们这里每礼拜有音乐会，乐班里有头号和二号的四弦琴，有两架复钢琴，一支低音笛，一支咆笛（hautboy），一个小环珴琳，还有一支日耳曼笛，这颇使得邻人的猪都不安，说是惊扰了它们的清睡，它们急得把牙齿都咬歪了。”在这幅小小的图画里，可以看出当时这乡僻中的美丽的一面，人们好像都自满自足，享有很大的快乐。

到一七七八年，怀特感觉到衰老之袭来了，他写信给他姊妹说："我的屋子确是一个过冬的安乐窝，它赐予可爱的温暖，刮大风的时候，一直到烟筒很热，烟囱里是很少冒烟的。最大的缺点是它发出很大的回声来，当许多人谈天的时候，常使我这可怜的耳朵觉得发昏。"以上，是怀特的生活之片断，除却从他的信里知道这些外，便很难考证他的生平了，虽然有一位博克蓝先生曾去造访过塞耳邦，费了很大的努力去探访关于怀特的事迹，却只得到了很少的成功。有一个村人对他说："怀特是不曾被人注意过的，一直到他死时，他死后，一切都被大家重视了。"还有一个老太婆，当怀特死时她才十一岁，"他是一位安详的老绅士，"她报告道，"惯说古言古语；他喜欢周济穷人，又常养一只蝗虫爬在他的园里。"问她："那动物是不是一只乌龟呢？"她回答说："啊，我正是说这个东西。"提到这只龟，就让我先译一篇怀特的文章在这里作为个例子罢，这是曾被裴考克（W. Peacock）选入了英吉利散文选，而被题为"怀特的龟"的一篇：

"我曾经常对你提过的，塞塞克斯（Sussex）河里的那只老龟，现在已弄到我自己的手中了。去年三月里，我把它从它的冬宫里掘了出来，那时，它从蛰中惊醒，已很有力量嘶嘶地叫着表示它的愤怒了；我把它装在一只盛着土的箱子里，在邮车上被运送了八英里之遥。旅行中的急促与震乱把它吓得太厉害，当我把它移放在一个花坛上时，它一再地躲到了花园的水底去；但是，晚间的天气是寒冱的，它又只得把自己埋伏在松土里，而且继续地在里面藏着。

“既已把它弄到自己眼前了，我就更有机会去详细观察它的生活和习性的情形；而且，我已经看出，为了将来的日子，它已在它头部附近的土里掘开了一个喘气的地方，据我想，因为它变得更有生气些了，便不得不需要更自在的呼吸。这种动物，不但是从十一月半至四月半之间是潜伏在地中，就在夏季也大半是睡着的；因此在白昼最长的时候，它下午四点钟便已就寝，一直到次日清晨，很晚很晚了，还丝毫不动。而且，每当雨天，它便隐藏起来；在阴湿的日子它总是不动。

“想到这种怪东西的生活状态，那真是一件很可惊异的事：上天竟赋予了一个爬虫这样多的虚日，仿佛是这样的一种长寿的荒废[①]，把三分之二的生存都浪费在了沉酣的昏迷中，一连多少月都在最浓的睡眠里丧失了一切知觉，使它简直尝受不到什么长寿的味道。

“我在写这信的时候，寒暑表五十度的一个潮暖的下午，出来了一大群壳螺（shellsnails）；而且，适逢其会，这只龟也翻开土来，把头昂起；次日清晨，好像被鼓舞了似的，它从死里醒转过来了；走来走去，一直到下午四点。这真是一个奇怪的巧合！一次很有趣的际遇！得看到这两种‘荷宅者’

之间——因为希腊人是这样称呼龟和壳螺的——竟有这样极相似的感觉……

“因为我们常把这东西看作卑劣的爬虫，于是我们就很容易轻视它的能力，忽略了它的本能力量。然而，事实上，像颇普（Pope）说他的贵公[②]那样，它真是‘Much too wise to walk into a well.’

（聪明到绝不会走落井底。）

“而且它也很有辨别力，绝不会坠落到隐垣（haha）里；而只会以极从容的谨慎在边缘上停住或缩回。

“虽然它喜欢暖天，它却避免炎日；因为它的厚甲一经炙热之后，就像我们的诗人说坚铠那样，便只好‘为“安全”所烫着了’[③]。所以，它把最酷热的日子都过在大菜叶的伞下，或是一畦石竹松的波动着的绿丛中。

“在夏天它是怕热的，而在年梢呢，它却又躲在果墙（fruitwall）的反光里，以改善微弱的秋阳[④]：虽然它永未曾见过那些可以接受到更多温暖的倾斜向天际去的那些大平坡，它却能把它的甲壳斜倚在墙上，以收敛并接受所有的薄光。

“可怜的是这受难的爬虫的境遇；被拘束在永不能卸掉的，一套笨重的铠甲里；像那样，我们想，一定是把它一切事业的活动与志向都给阻碍住了。但有一个季节（通常在六月初）它的奋发也是很可注意的。那时，它跷企地爬着，早晨五点钟便行动了起来，在园里爬来爬去，留心到垣墙的每个小门和隙缝，如果可能，它怕就要从那里逃了出去；而且，常常地出乎园丁的意料之外，它竟游荡到很远的地方去了。驱使它这样到处奔波的动机，好像是属于爱情一类的；它的想象，那时就变成了志在性的交接上，这使它不再像日常那样庄重，而一时地，竟忘记了它平素的严肃的举止。”

在怀特的自然史里，都是这类的文章，不但其中所记述的事物可喜，他的文章中所特有的那种风趣，也很是令人感到亲切而愉快。还有，在他的自然观察之中，最有趣的是关于鸟的事情。譬如鸨鸟，在英国的鸟中是最大的，却又是最小胆的一种，鸟之中最小者是金顶鷦，虽小，却颇大胆，非等你走近它三码之近，它是不会惊动的，而号称为最大的陆禽鸨鸟，却非于多少佛郎（Furlong——八分之一英里）之外，不敢见人。又有一种戴胜鸟，是顶上有华丽的冠，这冠是时时直竖着的。怀特说：“在这里最不易见的是一对戴胜鸟，它们于数年前的夏季里曾经来过，就在我这园的附近，它们找定了一片可爱的平地，一连住了数星期之久。它们常庄严地步行，每日在路上寻食数次，而且，好像要在我的巷口上孵卵了；但村里的野孩子们尽惊吓它们，使它们永不得安息。”就在这类的记述中，也清清楚楚地表明出了怀特的性格。他观察他所见到的草木鸟兽，就像观察他自己的同伴一样，而且，他也像爱他的同伴那样爱他的草木鸟兽，于此，我不能不想起何德森（W. H. Hudson）所说的话来了——何德森也是一个像怀特样的学者——他在他的《鸟与人》一书里，谈到了怀特的故乡塞耳邦，并谈到了怀特的书简（怀特的书是以书简集成的）。他说怀特的人格便是他的书简之主要美点，并说怀特这本小书之所以能永久使人爱读，并不是因为这本书小，或是因为这书里的事情有趣，主要的，却在这书的本身便是一件极可爱的人格之记录。真的，虽然我们读不到一本怀特的传记，我们无从考知他的生平的详细，但从他的著作里，我们已可以活现地看出一个可爱的怀特来了。

当然，在怀特的自然史里的记录是不免有些错误的，但其中有价值的部分却确已成了科学知识的材料之一部。再者，他的简练优美的文章风格，以及他的时代生活之画图，使得他的著作成了一部永世的乡土文学。它是有着文学作品的最重要的功能的，它能给人以美的启示和新奇的感印，它给与读者一种有力的刺激，使读者也愿意亲身到野外去，像作者那样去领略自然，去观察有心人所能看到的造物之奇丽。就是怀特的工作态度，也是值得令人钦佩的：第一，因为在当时还没有人注意到这些田野的事物，研究这些没有实际用途的草木鸟兽，是不会令人重视的，甚至被人家指为疯狂，遭人唾嗤，然而怀特竟坦然地自辟蹊径，受了高等教育，却甘自做了一生草木鸟兽的事业。第二，在他的工作的动机和方法上，比起科学者来，他却是宁可以被称为游艺者的，因之，他的工作也许会被专门家所忽略，然而却最有益于初学者，因为他的著作使人忘却了科学之呆板无味，所得到的却多是田园的诗趣，无形中，却又把人引到了科学的园地去。

最后，另有一点点意见，是特为要贡献给某一部分朋友的：

有一位久病的朋友曾对我说过这样的话："在文学的世界里，已被人发掘穷困了，想得到更多的宝藏，还是转到科学世界里去吧。"这样的话，自然是有着语病，甚或是完全错误的，然而转到科学世界里去发掘更多的宝藏，却是一句有用的口号，因为，对于现在的中国，现在的中国青年，这样的话还该说了再说。然而，想使一个青年对于科学有深切的爱好，并不是一件容易的事，假如有人已经在某种歧途里沉迷了，想要使他恢复了健康的脑筋，再来干点科学的功夫尤其困难，于此，像怀特的或法布尔的一类著作该是很有用了吧，总比为了锻炼脑筋而每天练习多少几何题为有趣些。所以，我愿把某先生介绍昆虫记的话来重说一遍以作本文的结语："也希望中国有人来做这翻译编纂的事业，即使在现在的混乱秽恶之中。"

［附记］——本文所根据者系万人丛书本《塞耳邦的自然史》。牛津及 Grant Richards 的世界丛书里也有这书。最近，

又得到一册伦敦基督教知识增进会的插图本，图均精细生动，唯内容则似稍有删节。

① 据云：龟为一切动物中之最长寿者。

② 指颇普所译贺拉西（Horace）中的一个虚拟的人物。

③ 见莎士比亚的亨利第四，四幕，五场，三十一行。——以上俱巴尔斯顿注，见裴考克的英吉利散文选。

④ 多少年前，曾出版一本书，书名《斜向天际的改善了的果墙》，在这书里，作者预计的结果，较之在直立的墙上，在这样的果墙上是可以照到更多的日光的。——基督教知识增进会版本的注。（按——果墙大概是一种斜墙，前面植果树或花木之类，以御寒迎日。）

平地城

我们是被一辆骡马大车载向去省城的路。为要当天午前赶火车，并预备在太阳落地时候到城里，冬季夜长，刚听到第一遍鸡鸣声我们就动身了。像这样夜行，我还是初次经验。大车在黑暗中向前摇摆，车轮的滚动声就觉得异样，那声音响得很远，又特别震耳，会不会惊动了什么可怕的事物吗，有时竟这样担心着。两个赶车人却不住地谈笑，“信不信呢？嗯，我问你，你信不信呢？”常听到老年人这样追问。

天气很冷，地面上该正凝结着霜粒吧。向远方望，只见白茫茫一团雾气。天晴着，暗蓝天空中缀着灿烂的星斗。我从未见过那么美丽的星光，那是可以分辨出各种颜色来的，紫的、蓝的、金黄的，而那些光芒又放射得很清楚、很耀眼，我几乎不敢正视那些光芒。我在几条棉被里紧紧偎缩着，心里却在想着些鬼怪的物事。有时候看见前面一片黑影，以为是走近一个村落了，走近时，才知道是一座墓林。年轻的赶车人便故意把骡马赶得快些，并把皮鞭用力地抽出特别声响。那个坐在外辕上的老人呢，则暂时也抖擞一下，并故意地大声咳嗽，这时候他们是不再谈笑了，直到走过很远很远，那座墓林已消失在雾气里了，他们的谈笑才又继续。

"你信不信！嗯，我问你，你信不信呢，嗯？"

坐在外辕上的老人又这样追问了。这老人有很多的特殊经验，话很多，而又很琐碎。那个年轻人则照例不大信服，总爱以这样的口吻作答：

"什么？什么？没亲眼见过的咱就不信。"

这却更引起老人的话题来。"没见过？没见过？"他这样反诘着，"你不曾见过，我却曾见过很多呢，年轻人什么都不服气。"于是他又举一个例子给年轻人听了。他说他年轻的时候也是终年在外边跑着，又多是行着夜路。有一次，他是赶了大车从远方回家，距村子还有三十里路就已经夜了，无论如何，非当夜赶回家去不可，他心里这样想。但天色愈黑，道路也愈形崎岖，他心里怕极了，但同时却又觉得好笑，这有什么可怕呢，便自己安慰着，壮着胆子，只好让一匹辕马任意走去。凡骡马都是生有夜眼的，他又说，所以它们才非常灵敏，并能看见人眼所看不见的东西。那时候，他一心地注视着辕马的耳朵，忽然，完全是忽然地，大车停住了，辕马把两只耳朵挺直地竖了起来，他心里立刻一怔，什么也看不清了，只像有一团黑雾立在面前。那黑雾愈增愈厚，使他觉得那简直是一堵黑墙。等不多时，那堵黑墙中间却又出了一道隙缝，且渐渐地露出了一道灰白，显然是一条正路样子，他顺着那路走去了。走了很久，很久，而且非常疲乏了，在车轮的击撞声中，他听出辕马的喘吁，他用手去摸那马背，马背上已满是汗水。回头看看天空，三颗明朗的参星已落向了西边，知道已是下半夜时辰，他认定了他的方向是向东的，但计算时间就应该早到杨家林了。是啊，杨家林，他重复着说，杨家林是当地杨姓家的墓地，却又满种了白杨，一过这林，就去家很近了，然而走了一夜样子还不曾听到杨叶响。他心里跳着，也满身是汗了，直到天要发亮时，他才知道是绕着距杨家林不远的一方墓田转了一夜。

老年人说了这话，沉默了，好像在盼着年轻人的回答。但这一次那年轻人却故意不睬，只把长鞭在暗中摇着，并用野话骂着辕马。我则依然缩在棉被里，不知走了多远，或走了多少时候。最后，那个老人却又自动地发言了：

“又一次，”他喃喃地说，“也是一个暗夜。忽然，完全是忽然，我的辕马又站住了，又竖直了两只耳朵。不好！我立刻这么一喊——”

“怎么啦？是不是又遇见了什么鬼怪？”

不等老年人说完，年轻人便插进来这样问了。

"什么也没有，"老人答，"不过那辕马要撒尿罢了。"于是两个人都笑了起来。

也许是将近黎明的原故罢，我一时觉得冷不可支，两个赶车人也是缩瑟厉害，坐在车前面一声不响了。大车进行得很慢，轮声也变得很钝，仿佛老是轧在软泥道上，天上星光渐稀，只是远方的雾气也还依旧。直到在两箭之远的地方忽然发现一点灯火时，那老人才又抖擻了一下，并喃喃着说："我们已经来到平地城了。"随即打一个呵欠。

我们都向着灯光之所在张望了一番，其实，这时候已是东方发白了，且隐隐地听到鸡鸣犬吠的声音。只有少许较大的星星还留在天上，紫的、蓝的和金黄的，这时都变成了白色。灯光亮处却不见什么城垣，只看出有些土堆隆起，忽高忽低，正像许多丘坟。我们齐声问道：

"平地城？城在哪里呢？"

"平地城呢，当然是没有城啦。"老人答。"平地城就是我们的省城。"他又解释着说，接着就讲出了下面的故事：

平地城原来是有城——他这样开始——但现在却是没有了。在古时候，究竟是什么时候也不知道，这座城忽然搬家了，当然，只有神仙才会这样办，也有人说就是鲁班，因为鲁班是一个大木匠。只用了一夜的工夫就把这城搬走，搬到我们的省城去了，妙处是一点不错。像未搬时一样，北关是北关，西关是西关，连一草一木都不曾零乱。睡觉的人们还正在好睡，清晨起来却已是乱山之中了，我们的省城不就在乱山之中吗，而且又是夹在两条东入于海的河流之间。这座城是被搬到一个下洼地方去了，就像一只船，被划到了一个港里，但那里却又时有急流泛滥之虞，夏秋之际，两河水涨，那下洼地方便真会变成一片汪洋，那只船就难免有漂流而去的危险，所以神在城南的山顶上立下一个高大的石礮，就算是缆船的柱子，那座山就叫做礮山，而我们的省城才得有一个今日。

老人又把话停住了，沉默着。片刻之后才又指着那盏愈去愈黯的灯光，说："看见了吗？就是那盏灯，那就是卖油条的那人家了，他住在平地城南关。"

接着又说：

"我曾说过，不是连一草一木都给搬走了吗，只有这卖油条的人家却是给留下了。"

我们问这是为什么呢？他说，这原是应该搬走的，却因为他们夜里起来掌灯做活，把神灵惊动了，等到晨鸡一叫，一切都算完事。于是这人家就留在这里，并依然是每夜早起，掌起灯来做活。据说这里的地底下还蕴藏着无数的宝物，每于午夜时分放出白色的光芒，如果有人认清那发光的地方，总可以发掘出什么来的。听说那卖油条的人家就曾经费过苦心，但发掘出来的总是些枯骨朽木之类。这地方实在荒凉极了。

我们的大车走得更快了些，天已经完全亮了，我们陆续地遇着几个行路人，稍远处也看出几个村落。讲故事的老人向四处张望，并告诉我们许多奇怪的地方名称，以及到各处去的路程。年轻的赶车人本来已沉默了很久的，忽然又微笑着向老人问道：

“老伯，那些事可都是真的吗？”

“不是真的？还会是假的吗？”老人确定地答，“你不信？不信？你不曾见过河北的曲堤塔吗？”

于是他又讲曲堤塔。他说，曲堤塔也是在一夜之间被神搬走的，不过搬走的只是一个塔顶罢了。“曲堤塔，任峰顶。”已经成了一句俗话，那塔顶是被搬到任峰去了，据说，那一夜还刮过可怕的妖风呢。

太阳上来的时候，我们都舒展了许多。远方的雾已渐渐退开，地面上漫着一层薄霜，连我们身上和骡马身上也都是霜了。结在老人胡子上的很厚的霜粒，就好像开绽着一朵雪白的绒花。计算时间，当天傍晚我们是可以赶到城里的了。

桃园杂记

我的故乡在黄河与清河两流之间。县名齐东，济南府属。土质为白沙壤，宜五谷与棉及落花生等。无山，多树，凡道旁田畔间均广植榆柳。县西境方数十里一带，则盛产桃。间有杏，不过于桃树行里添插些隙空而已。世之人只知有“肥桃”而不知尚有“齐东桃”，这应当说是见闻不广的过失，不然，就是先入为主为名声所蔽了。我这样说话，并非卖瓜者不说瓜苦，一味替家乡土产鼓吹，意在使自家人多卖些铜钱过日子，实在是因为年头不好，连家乡的桃树也遭了末运，现在是一年年地逐渐稀少了下去，恰如我多年不回家乡，回去时向人打听幼年时候的伙伴，得到的回答却是某人夭亡某人走失之类，平素纵不关心，到此也难免有些黯然了。

故乡的桃李，是有着很好的景色的。计算时间，从三月花开时起，至八月拔园时止，差不多占去了半年日子。所谓拔园，就是把最后的桃子也都摘掉。最多也只剩着一种概不美观也少甘美的秋桃，这时候园里的篱笆也已除去，表示已不必再昼夜看守了。最好的时候大概还是春天吧，遍野红花，又恰好有绿柳相衬，早晚烟霞中，罩一片锦绣画图，一些用低矮土屋所组成的小村庄，这时候是恰如其分地显得好看了。到得夏天，有的桃实已届成熟，走在桃园路边，也许于茂密的秀长桃叶间，看见有刚刚点了一滴红唇的桃子，桃的香气，是无论走在什么地方都可以闻到的，尤其当早夜，或雨后。说起雨后，这使我想起布谷，这时候种谷的日子已过，是锄谷的时候了，布谷改声，鸣如“荒谷早锄”，我的故乡人却呼作“光光多锄”。这种鸟以午夜至清晨之间为叫得最勤，再就是雨霁天晴的时候了。叫的时候又仿佛另有一个作吱吱鸣声的在远方呼应，说这是雌雄和唱，也许是真实的事情。这种鸟也好像并无一定的宿处，只常见它们往来于桃树柳树间，忽地飞起，又且飞且鸣罢了。我永不能忘记的，是这时候的雨后天气，天空也许还是半阴半晴，有片片灰云在头上移动，禾田上冒着轻轻水汽，桃树柳树上还带着如烟的湿雾，停了工作的农人又继续着，看守桃园的也不再躲在园屋里。——这时候的每个桃园都已建起了一座临时的小屋，有的用土作为墙壁而以树枝之类作为顶棚，有的则只用芦席作成。守园人则多半是老人或年轻姑娘。他们看桃园，同时又做着种种事情，如绩麻或纺线之类。落雨的时候则躲在那座小屋内，雨晴之后则出来各处走走，到别家园里找人闲话。孩子们呢，这时候都穿了最简单的衣服在泥道上跑来跑去，唱着歌子，和“光光多锄”互相应答，被问的自然是鸟，问答的言语是这样的：

光光多锄。

你在哪里？

我在山后。

你吃什么？

白菜炒肉。

给我点吃？

不够不够。

在大城市里，是不常听到这种鸟声的，但偶一听到，我就立刻被带到了故乡的桃园去，而且这极简单却又最能表现出孩子的快乐的歌唱，也同时很清脆地响在我的耳里。我不听到这种唱答已经有七八年之久了。

今次偶然回到家乡，是多少年来唯一的能看到桃花的一次，然而使我惊讶的，却是桃花已不再那么多了，有许多桃园都已变成了平坦的农田，这原因我不大明白，问乡里的人，则只说这里的土地都已衰老，不能再生新的桃树了。当自己年幼的时候，记得桃的种类是颇多的。有各种奇奇怪怪的名目，现在仅存的也不过三五种罢了。有些种类是我从未见过的，有些名目也已经被我忘却。大体说来，则应当分做秋桃与接桃两种，秋桃之中没有多大异同，接桃则又可分出许多不同的名色。

秋桃是由桃核直接生长起来的桃树，开花最早，而果实成熟则最晚，有的等到秋末天凉时才能上市，这时候其他桃子都已净树，人们都在惋惜着今年不会再有好的桃子可吃了，于是这种小而多毛且颇有点酸苦味道的秋桃也成了稀罕东西。接桃则是由生长过两三年的秋桃所接成的。有的是“根接”：把秋桃树干齐地锯掉，以接桃树的嫩枝插在被锯的树根上，再用土培覆起来，生出的幼芽就是接桃了。又有所谓“筐接”，方法和“根接”相同，不过保留了树干，而只锯掉树头罢了，因须用一个盛土的篠筐以保护插了新枝的树干顶端，故曰“筐接”。这种方法是不大容易成功的，假如成功，则可以较速地得到新的果实。另有一种叫做“枝接”，是颇有趣的一种接法：把秋桃枝梢的外皮剥除，再以接桃枝端上拧下来的哨子套在被剥的枝上，用树皮之类把接合处严密捆缚就行了，但必须保留桃枝上的原有的芽码，不然，是不会有新的幼芽生出的。因此，一棵秋桃上可以接出许多种接桃，当桃子成熟时，就有各色各样的桃实了。也有人把柳树接做桃树的，据说所生桃实大可如人首，但吃起来则毫无滋味，说者谓如嚼木梨。

按熟的先后为序，据我所知道的，接桃中有下列几种：

“落丝”：当新的蚕丝上市时，落丝桃也就上市了。形椭圆，嘴尖长，味甘微酸。因为在同辈中是最先来到的一种，又因为产量较少之故，价值较高也是当然的了。

“麦匹子”：这是和小麦同时成熟的一种。形圆，色紫，味甚酸，非至全个果实已经熟透而内外皆呈紫色时，酸味是依然如故的。

“大易生”：此为接桃中最易生长而味最甘美的一种，能够和“肥桃”媲美的也就是这一种了。熟时实大而白，只染一个红嘴和一条红线。未熟时甘脆如梨，而清爽适口则为梨所不及，熟透则皮薄多浆，味微如蜜。皮薄是其优点，也是劣点，不能耐久，不能致远，我想也就是因为这个了。

“红易生”：一名“一串绫”，实小，熟时遍体作绛色，产量甚丰，缘枝累累如贯珠，名“一串绫”，乃言如一串红绫绕枝，肉少而味薄，为接桃中之下品。

“大芙蓉”：形浑圆，色全白，故一名“大白桃”，夏末成熟，味甘而淡。又有“小芙蓉”，与此为同种，果实较小，亦曰“小白桃”。

“胭脂雪”：此为接桃中最美观的一种，红如胭脂，白如雪，红白相匀，说者谓如美人颜，味不如“大易生”，而皮厚经久。此为桃类中价值最高者。

“铁巴子”：叶细小，故亦称“小叶子”，“铁巴子”谓不易摇落，即生摘亦须稍费力气，实小，味甘，现已绝种。另有“齐嘴红”一种，以状得名，不多见。

有一种所谓“磨枝”的，并非桃的另一种类，乃是紧靠着桃枝结果，因之被桃枝磨上了疤痕的桃子，奇怪处是这种桃子特别甘美，为担桃挑的桃贩所不取，但我们园里人则特意在枝叶间探寻“磨枝”来自己享用。为什么这种桃子会特别甘美呢，到现在也还不能明白。另有所谓“桃王”的，我想这大概只是一种传说罢了。据云“桃王”是一种特大的桃子，生在最繁密的枝叶间，长青不老，为一园之王，当然，一个桃园里也就只能有这么一个了。有“桃王”的桃园是幸福的，因为园里的桃子会格外丰美，甚至可以取之不竭。但假如有人把这“桃王”给摘掉了，则全园的桃子也将殒落净尽。这是奇迹，幼年时候每每费尽了工夫去发现“桃王”，但从未发现过一次，也不曾听说谁家桃园里发现过。

桃是我们家乡的重要土产，有些人家是借了桃园来辅助一家生活之所需的。这宗土产的推销有两种方法：一是靠了外乡小贩的运贩，他们每到桃季便肩了挑子在各处桃园里来往；另一种方法，就是靠着流过这地方的那两条河水了。当“大易生”和“胭脂雪”成熟的时候，附近两河的码头上是停泊了许多帆船的，从水路再转上铁路，我们的桃子是被送到其他城市人民的口上去了。我很担心，今后的桃园会更变得冷落，恐怕不会再有那么多吆吆喝喝的肩挑贩，河上的白帆也将更见得稀疏了吧。

二十四年四月

花鸟舅爷

夏天。

我从洛口铁桥搭上了下行的双桅船。时候是上午十点左右。天晴着。河风吹得很凉爽。头上虽有炎热的大阳炙晒，仍觉得十分快适。这是一段颇可喜爱的水程。船在急流中颠簸前进，夹岸两堤官柳，以及看来好像紧贴着堤柳的天边白云，都电掣般向后闪去。船上人都欣喜于遇着了一次顺风。而我所更喜欢的则是正午前后便可以下船登岸了。

“到苗家渡可还远着吗？”

“不远不远，前面那座林子就是了。”

划船人指着二里开外的一丛绿树答我。时候还不到十二点。我是等船到苗家渡就登岸的。目的地是住在马家道口的舅爷家。从苗家渡到马家道口不过三里。这三里路是在堤柳的浓荫下面走过的。计算时间，我早该到达舅爷的家了，但依然看不见我记忆中的舅家的标识。我心里焦急起来了。

沿堤一带居民，都靠了堤身建造房

屋。这不但有占据官地的便利，且可利用了堤身作为房屋的后墙。故从河堤的前面看来，则沿堤均如建造了一排土楼，自然，也很容易辨识出是谁家的门户。但从堤后来看，则仅仅是高出堤面一尺的茅檐，而家家茅檐又大多数无甚区别。走在堤后的人想取了捷径以直达所要去的人家，像我这样久不归乡的人，就是一件难事了。并不是不能转到堤前去认出舅爷的家，只是愈找不到舅爷家的标识就愈想找个究竟。“莫非是走错了路吗？”这样想。心里焦急着，仍不能从那些茅檐上认出舅爷的家。

舅爷的家是有着标识的。在过去，从外边回到故乡时，我每每先从那些标识上认出舅爷的家，又每每先看了舅爷，再由舅爷伴送着回到自己家里去。

从自己最初的记忆起，舅爷家就过着非常贫苦的日子。然而就在这贫苦日月中，舅爷却永是一个快乐人。舅爷的年轻时代，我知道得不详细。据说他曾一度做过鞋匠，但究竟为了什么而不能以此为业呢，我不得而知。生有一副病弱的身体，有时又不能不靠了身体去换取一点生活之资。自家原有几亩薄田，也多半坍塌到河里去了，未曾坍塌的，也以任其荒芜的时候居多。自然，像舅爷这样人，是不能靠自己耕种来过活的了。这一半固由于他有一个懒散性子，一半也由于那条称做这个国家的“败家子”的河流的教训（这条不能正正经经流到海里去的河水，使这一带居民都信任了他们的不可挽回的命运）。水缸里，有从河上取了来沉淀着待用的饮料。河堤空地上，有随时种植的家常蔬果。河堤两旁的树上，又有随时取用不竭的燃料。只要于高兴卖力气时出去做几日短工，就可以赚得来暂时需用的口粮了。就在这种情形中，像其他居民相仿，舅爷打发了自己的日子，并尽可能地维持了一家四口。我已经说过，我这位舅爷是一个在贫苦中有快乐的人，而他的乐趣却不仅在于他能够对付得他的贫苦。

像舅爷这样人，在生活中，照例是不缺少闲散的。在闲散中，他才有他自己享受的生活。他会以几个小钱的胜负去抹把纸牌。会用极粗俗的腔调唱几支山歌。又会坐在自家门栏上吹弄着什么唢呐。而他在日常生活中最感兴趣、最肯花费自己精神时间的，就是种种花、养养鸟这一类玩意了。他喜欢一切花、一切鸟，不但是自家的，就连人家的，以及飞在空中的，开在道旁的，他都喜欢。一只不知名的小鸟，叫着，从空中飞过了，不见了，他会仰面朝天，呆望许久。他也会一个人徘徊在荒道上、墓田上，寻找着什么野生的花草。舅爷的自己家里当然是养着许多花鸟的。虽然花草中也没有什么值得珍惜的东西，但借了那些红红绿绿的颜色，又仗了他的细心和闲暇，把许多花草都安排在一种近于天然艺术的图案里，虽然是破屋烂墙的人家，于是也装点得极其好看了。故从河堤前面走过的人，都很容易指点出这有着小小花园的人家。至于鸟呢，当然，也不过什么碧玉黄雀之流，甚至连麻雀也养在里边。然而它们都生活得极其舒适，仿佛很乐意活在这个主人的笼中似的，叫着，跳着，高高地被挂在檐前，挂在树上，使主人喜欢，使过路人欣羡。从自己用极困难方法得来的粮米中，省俭出一部分米粒来饲养了这些鸟族的舅爷，他的快乐恐怕是我们所不能想象的了。

舅爷的庭前原有着几株榆树，满树上都戴着鸟窠。这几棵榆树的年龄恐怕比舅爷的年龄还要大些，舅爷也已是五十过后的人了。在一般贫苦人家，这样的木材是早应当伐下来换钱的，但这几株榆树却依然保有着它们的幸运。我想，这虽然也有什么风水迷信之说，但最大的原因，恐怕还是为了榆树上的那些鸟窠吧。仿佛那些喜鹊都认定了这是一个可以久居的地方，巢窠是与日俱增着，而且这也是多少年来的事情了。依照外祖母的，以及其他人的意见，这几株树也是应当伐了出卖的，当然，阻止了这事的仍是舅爷。他喜欢那些喜鹊，他爱护它们，他好像把它们当做一家人似的，在一处生活过来了这些年。“假如把榆树伐倒，岂不是拆毁了人家的家吗？”他这样说。于是这几棵树，连同这些鸟窠，就一直保留了下来。而且，多少年来，这几株树上永有红色的牵牛花攀缘，花发时节，是满树红花，远远望去，这就是一个很显然的标识了。走在河堤后面的人，也很容易指点着说：“这就是某某人的家了。”我所寻找的就是这个标识，然而这个标识却永不曾找到。

等我越到河堤前面，并向人探询之后，才知道已走过马家道口有里余之遥了。再等我转了回来，到得舅爷家时，已是时近下午一点的样子。连喊了几声外祖母，都没有回答。出来迎接我的却是我的舅母。问舅爷可曾在家吗？说是已经被人家雇去做短工去了。表弟呢，说是也去同舅爷做着同样的事情（这个表弟也不过十岁左右的孩子，怎能做得了什么工作呢，我当时这么想）。看了舅母脚上的白鞋，头上的白头绳，我就不再问外祖母了。庭前那棵榆树，连同那些鸟窠，以及牵牛花的下落，也就可以知道了。舅母告诉我外祖母过世时的情形，说一切都靠了街坊亲友们的帮助，人家都知道舅爷是一个非常孝顺的人，平日虽然困苦，却总能使外祖母不受艰窘，故人家皆乐意输米输面。一口上好棺木，是用庭前那几棵大树换来的，并说到外祖母临危的时候很想念我，盼我在外边能早早发迹。舅母一边说着，一边落泪，还要张罗着给我预备午餐。我怎能再用得下午餐呢，说一些安慰舅母的话，就自己告辞了。

到家的次日，舅爷竟为了跑来看我而不去做工了。人是老了许多，但还是那快活样子，大声说话，大声喧笑，话说不尽，仿佛懂得天地间一切事情。说话间又谈到外祖母，谈到外祖母的病状。并说：“过世了，也倒罢了，养了我这样儿子，活了一世还不是受罪一世吗。”说着也变得黯然起来。又说，假如我将来能回到故乡来做些事业，很愿意把表弟托给我照顾。“希望你表弟不再像我就好了。”最后又这么说。

“舅爷也实在衰老得可怜了呢，头发都变得白参参的了。”

舅爷去后，我向母亲这样说。

“白了头发呀，却还是那么孩子气。”母亲带一点笑意说，“一辈子花啦鸟啦的，就是知道调皮着玩儿。你还不知道呢，人家竟能在那一头白参参的发辫上扎了鲜红的头绳，又戴了各色的野花，在外祖母的病床前跳来跳去，唱山歌儿使外祖母喜欢。人倒是一个有心肠人，可惜命穷，也就无可如何罢了。”

老渡船

我常想用一种最简单方法记述一个人。但是每当我提起笔时，就觉得这是一件难事。起初，我认为我可以用一个故事作中心，来说明这人的性格和行为，但计划了很久却依然构不出一个故事，这是一个没有故事的人物。这人与一只载重的老渡船无异，坚实、稳固，而又最能适应水面上一切颠颠簸簸、风风雨雨。其实，从这个人眼里看出来的一切事物，均如在一种风平浪静的情形中一样，他是那样地安于他所遇到的一切，无所谓满意，更无所谓不满意，只是天天负了一身别人的重载，耐劳，耐苦，耐一切屈辱，而无一点怨尤，永被一个叫做运命的东西任意渡到这边，又渡到那边。若说故事，这就是他的故事，此外再没有什么故事了。他在这种情形中已度过了五十几个春秋。将来的日子也许将要这样过去的吧，他已经把他那份生活磨炼得熔进他的生命中去了。

然则用一种职业来说明这个人又将

怎样呢？这个却是更难的办法，我根本就不能决定他做的是什么职业。他是一个儿子的父亲，一个妻子的丈夫，另有一种关系，我就不知道应如何称呼，或者勉强可以说是他妻子的朋友的对手吧——他那妻子的朋友是一个跑大河的水手，强悍有力，狡黠伶俐，硬派他作为对手，他恐怕太不胜任了。此外呢，最确实的他还是一个伙伴的伙伴。他那伙伴是一个铁匠，当然他也就是一个铁匠了，但是又决不是他的专门职业，何况他在打铁的工夫上又只是帮人家去打“下锤”。比起打铁来，他还是在田地里为风日所吹炙的时候居多吧，他有二亩薄田，却恰恰不够维持全家的生计。

他的家庭——在名义上他应当是一个家主，为尊重人家的名义起见，我们还不能不说是他的家庭。他的家庭是在一种特殊情形中被人家称做“闲人馆”的，在一座宽大明亮的房间里，有擦得亮晶晶的茶具，有泡得香香的大叶儿茶，有加料的本地老烟丝，有铺得软软的大土炕，有坐下去舒舒服服的大木椅。在靠左边的那把椅子上坐落下来的时常是他的妻子，那是一个四十左右的女人，有瘦小身材，白色皮肤，虽然有几行皱纹横在前额，然而这个并不能证明她的衰老，倒是因了这个更显出这人的好性情，她似乎是一个最能体贴人心的妇人。她时常用了故意变得尖细的嗓音招呼：“××，××”——这里所做的记号是那位主人翁的乳名，为了尊重人家名字起见，恕我不把他的真名写出。假如在这样的招呼之下能立刻得到一声回答，接着当有“给我做这个，给我做那个”之类的吩咐。但她也绝不会因为得不到一声回答而生气，因为她知道，她的 ×× 不是去做这个就是去做那个了，不然就是到田里去了，田里是永有做不尽的工作的，再不然就是到河上去了。是的，到河上去——这一来倒使我发觉我的话已走了岔路，我原是说那座屋里的情形的。我已说过，左边那把木椅上是他妻子，那么右边呢，一定是那位水手了，不然，那位水手老爷是一个怪物，他在船上掌舵时是一个精灵，他回到这座屋里来便成了一个幽魂，他是时常睡在那方铺得软软的大土炕上的。他不一定是睡，他只是躺着，反正有人为他满茶点烟火。除非他的船要开行，或已经开行了，他是不常留在船上的，他昼夜躺在这儿很舒服，他也时常用了像呓语一般的声音吩咐那个主人：“到河上去，到河上去。”他又是一个能赚银子的英雄汉，他把他在水上漂来漂去所赚得的银子都换成这个女人身边的舒服了。话又要岔下去，还是回头来再说这座屋子里的情形吧，这屋子里是不断地有闲人来谈天的，就是在乡间，虽然忙着收获庄稼，或忙着过新年时，这屋子里也不少闲人来坐坐——这就是被称做“闲人馆”的原因了。这里有着不必花钱的烟和茶，又有许多可高可低的好座位，至于义务，则只要坐下来同那位水手或女人闲谈就足够，譬如谈种种货物的价钱，谈种种食品的滋味，有时候也谈起些远年的或远方的荒唐事情。

他的裁缝儿子是一个二十四五岁的年轻人，高大、漂亮，戴假金戒指，吸小粉包香烟，不爱说话，却常显出一种蔑视他人的神气，而他所最看不起的人也许就是他的爸爸了。然而他总还喊爸爸，譬如他把人家的新衣完成了，他说："爸爸，给某家某家送衣服。"于是爸爸就去送衣服了。这位裁缝是很少在家里过日子的，他有这么一份手艺，使他能各地找住处，寻饭食，并使他穿一身时髦衣服，他在这个家庭里不能安心久住，固然尚有其他难言的原因，而他有了人所不及的一派身份，也是重要的原因之一吧。说起衣服，我们无妨顺便谈谈那位家主的穿着。其实说起来也很困难，这还有什么可说的呢，你让他穿了好衣服去干什么，反正他又不能骑马去拜客？他天天同灰土搅在一块，同煤烟熏在一起，他自己又是闲不得的人，他最能利用时间，别人吩咐着固然肯干，别人不吩咐也会自己拾起工作来，如没有什么事可做时，他可以肩一个粪篮到处走走，或到各处捡拾些人家舍弃的东西，如半截铁钉，如破烂绳头，如瓶口碗底草鞋底等。他的儿子和妻子也许不喜欢他这样，然而他总是这样，他们也许嫌恶他污秽，然而不污秽又将如何？有爱同他开玩笑的人说道："××，你看你这脏样子，你看你这身破狗皮，人家要信你是裁缝儿子的爸爸才怪呢！"他的回答是黝黑的脸上一堆微笑，和一声有意无意的"嘻嘻"。

我几乎忘记谈起他做铁匠的事情了，现在就让我来补述一下。他是铁匠，他当初也许立志要把打铁当做安身立命之道的，然而不幸，他的职务却老停在抡下锤和拉风箱上。他的伙伴倒是一把好手，左一把钳子，右一把小锤，能打造一切铁的家具，使这一带人民觉得他是少不得的一个师傅。他们的工作地点就在本村，而且也不是每天生火，除却五天一个市集是必然的工作日子外，五天之内也许有一两次听到他们叮叮当当地敲着，只要听到这叮叮当当的敲打声，人家也就陆续送来锄头犁头之类的东西。当然，他们两个赚得钱来只能劈一个四六份子，十分之四是做了“闲人馆”的小花销了。后来不知因为什么，这位掌钳子的师傅忽然瞎了一只眼睛，生意自然不如从前兴盛，但隔不过十天八日，也还能听到他们叮叮当当地敲着。又过不多久，这位一只眼睛的师傅居然不再管他的下锤伙伴，自己钻到土里睡觉去了，于是抡下锤的工作再也无法继续，这村子里也不再听到叮叮当当的响声了。

怎么我写到这里忽然觉得难过起来，我真是为了这位“闲人馆”的主人感到荒凉了。你看，你看，他不是又从那边走来了吗？背上不知负着一大捆什么东西，沉甸甸的。现在我说他老了，可不是故意玩笑，是真的，他在我的眼里变得愈来愈老了。我很惭愧，我不该当这时候就把他介绍给世人，假如那位裁缝少爷也能读到这篇东西，一定再也不来承做我的新衣了，且有被他辱骂一阵的危险。我说这老人像一只“老渡船”，也是随便说的，我只是一想到他时，就想起他妻子那个水手朋友，于是便联想到一只船罢了，请大家千万不要以为我给这个老人起了诨号，便跟在背后叫喊。你看，他负了一身重载已从窗前走过了。

二十四年五月

上马石

“老兄弟，真想不到他就先走了。”

“走了倒也罢了，我们还不是前脚后脚的事吗。”

太阳黄黄的，照着一个高大衰老的车门下。是将近秋末天凉的时候，人们已觉得阳光之可亲了。尤其是老年人，他们既没有事情可做，便只好到这车门下来晒太阳，吃旱烟，说说闲话，并目送过路人来来往往。两个老头子又各领一个五六岁的小孙孙，看小孩，这也就是他们的一件工作了。小孩子要偎在老人怀中听闲话，老人却故意把他们哄开，并屡次说道：

“好孩子，你们自己到那边骑马去吧。”

这个车门，位置在一条非常宽阔的巷口上。这条巷子是被两列低矮的小房子所形成的，在几家大门外，有显得颇瘦弱的小牛小驴被拴在木桩上，此外就只见到几棵并小茂盛的槐树或榆树了。但这条巷子是曾经有过繁盛日子的，从现在说起，也不过是百十年前的事情罢了。那时候这里完全是一片高大的楼房，据说从这里赶了骡马到五里外的一条河流去饮水，在这距离中间络绎不绝的都是骡马，没有人能计算出一个实在数目，虽然那条河水现在已成了平田，而“饮马河”一个名字却还时常被人提起。再如这巷口的一块上马石台，也可以说是当年繁盛的一个记号吧。这块上马石除却特别重大外，与普通的上马石也并没有多大差别，不过这块石头如今已经不是什么上马石了，它成了一些闲散人坐下来谈天的地方，也是小孩子们聚拢来做游戏的根据地，有时候一些青年人也用它来比试力量，然而三个人至五个人也只能撼得它微微欠身而已。两个老头子哄他们的孙孙来骑马，这块石头也就又变成一匹石马了。小孩子总喜欢跑到这块石头边，用小手拍拍那光滑的石头——石头已被磨擦得很光滑了——自己并做出骑马的姿势，口里喊道：“打，打，打。”

两个老头子都住在这条巷内，另有一个同姓的老弟兄，是住在这村子的另一个角落里的，只要有人提起“三个老头子”大家就明白是车门底下的这三个了。他们除却睡觉吃饭之外，把大半的时间都消磨在这个车门底下。他们的记忆非常繁琐，他们的谈话又重复不尽，而他们又永不会忘情于那些过去的好年月。他们一开口便是：“我们年轻的时候怎样……”或是“老祖父曾经告诉过我，说那些年间……”他们对于现今的事情不大关心，但偶然听到一点便长吁短叹。他们常说："我们是不中用了，活着也没有意思，还不如早些到土里去歇息了吧。"他们也常常谈到："老弟兄们，到底我们谁应当先走呢？"于是年纪最长的一个便很慷慨地抢着说："当然啦，当然啦，我比你们大许多岁数，当然我先走啦，我恐怕不能给你们送行了。"另外两个老头子一定会同时把烟袋一敲："也好，你先到那边去打下店道，到那边把床铺都安排停当，然后再来招呼我们吧，我们还可以到那边去同吃烟、同说话，就只怕那边没有太阳可晒了。"

今天是只剩着两个老头子了，那个住在另一个角落里、年纪最小的老头子已经早走了，走了好多天了。这个年纪最老、曾经自己答应先走的老头子，还不曾走，不过前些天他刚刚闹过一次伤风，几乎走掉，却又被医生给拉回来了。那个年纪居中的老头子，前些天是只能带了一个小孙孙到这里来晒太阳打盹的，现在他的老伴又出来了，就又有一肚子话要说。然而他们还想到那个已经走了的老伴，他们觉得有点荒凉，但这种感觉到底很淡漠，因为他们知道，那人不过是走了罢了，而他们自己也不过是前脚后脚的事情而已，特别是年长的那一个，他很抱怨，他说：

"唉，唉，我认为他一定来招呼我了，可是他到底不曾来，不，他来过了，我曾经梦见他……"

语犹未完，第二个老头子已吃了一惊，他把烟灰一磕，歪着脑袋用低声说：

“你梦见他？”

“是啊，我梦见他，他提一个竹篮去赶集，他说：大哥，你告诉我，今天的芋头多少钱一斤？你看这够多么奇怪，我怎么就知道芋头多少钱一斤呢？我忘记我是不是已经回答他，在梦里也忘记他是已经走了的人了，不然我一定问问他那边的情形是怎样。兄弟，你说，这是个什么兆头？芋头是吉祥的呢，还是不吉祥的呢？”

于是他们就说起梦话来了，这个也是梦，那个也是梦，拿梦来解释一切，一切也都是梦了。最后他们又把话题回到那个已经走掉的人身上，于是又说到一些走了多年的人，说到过去的好年头，说到现今的世道，说现今的年轻人已完全不是他们当年那样子了，他们看着不顺眼，但愿赶快把眼睛闭起来，于是旧话重提，那个年纪较小的老头子又提议道：

“大哥，我们两个再来打赌吧，我们看到底谁走在前边。”

“还用打什么赌吗？”另一个回答，“麦前麦后，谷秋豆秋，是收获老头子的时候啊，我今年秋后不曾走，明年麦后是非走不行了。”

正说话间，忽然听到那边两个小孩子叫了起来，原来他们正在上马石上做着盖房子的游戏，他们用土块、破瓦、碎砖之类。在石头上面费了很大的力气要建一套房子，他们玩得非常高兴，等到房子已经建筑成功，他们正想招呼两个老头子过来看看，并希望从两个老人听到夸奖时，不料偶一不慎，一举手间就把一件艰难工程破坏了。等到两个老头子急忙走来时，只见上马石上一堆零乱的瓦砾，他们都笑了。看看时候已经不早，车门前面已是一地阴影，秋末的西风也已有些凉意，两个老头子便向孩子们道："好孩子，我们赶快走吧。"孩子们却固执地要重兴他们的工程，老头子则安慰他们，说等明天这里重见太阳时再来建一套更好的房子。老人手里各牵一个小孙孙，慢慢地向那条宽大衰老的巷里走去，又各自走进了低矮的大门。这时候虽然已近日夕，但在田间工作的还不曾归来，村井上也还没有人牵了牲畜去饮水，只有秋风吹起几个小小旋风，在这多灰沙的街上、巷中、家家门口，忽出忽没地连翩巡行。

二十四年五月十三日

柳叶桃

今天提笔，我心里有说不出的奇怪感觉。我仿佛觉得高兴，因为我解答了多年前未能解答且久已忘怀了的一个问题，虽然这问题也并不关系我们自己，而且我可以供给你一件材料，因为你随时随地总喜欢捕捉这类事情，再去编织你的美丽故事。但同时我又仿佛觉得有些烦忧，因为这事情本身就是一件令人不快的事实。我简直不知道从何说起。

说起来已是十几年前的事了。那时候我们为一些五颜六色奇梦所吸引，在 × 城中过着浪漫日子，尽日只盼望有一阵妖风把我们吸送到另一地域。你大概还记得当年我们赁居的那院子，也该记得在我们对面住着的是一个已经衰落了的富贵门户，那么你一定更不会忘记那门户中的一个美丽女人。让我来重新提醒你一下也许好些：那女子也不过二十四五岁年纪，娇柔，安详，衣服并不华丽，好像只是一身水青，我此刻很难把她描画清楚，但记得她一身上下很调匀，而处处都与她那并不十分白皙的面孔极相称。我们遇见这个女子是一件极偶然的事情。我们在两天之内见过她三次。每次都见她拿一包点心，或几个糖果，急急忙忙走到我们院子里喊道：

“我的孩子呢，好孩子，放学回来了吗？回来了应该吃点东西。”

我们觉得奇怪，我们又不好意思向人问讯。只听见房东太太很不高兴地喊道：

“倒霉呀！这个该死的疯婆子，她把我家哥儿当做她儿子，她想孩子想疯了！”

第三天我们便离开了这个住处，临走的时候你还不住地纳闷道：

“怎么回事？那个女人是怎么回事呢？”

真想不到，十余年后方打开了这个葫芦。

这女子生在一个贫寒的农人家里。不知因为什么缘故，从小就被送到一个戏班子里学戏。到得二十岁左右，已经能每月拿到百十元报酬，在 × 城中一个大戏园里以头等花衫而知名了。在 × 城出演不到一年工夫，便同一个姓秦的少年结识。在秘密中过了些日子之后，她竟被这秦姓少年用了两千块钱作为赎价，把她从舞台上接到了自己家中。这里所说的这秦姓的家，便是当年我们的对面那人家了。

这是一个颇不平常的变化吧，是不是？虽然这女人是生在一个种田人家？然既已经过了这样久的舞台生活——你知道一般戏子是过着什么生活的，尤其是女戏子——怕不是一只山林中野禽所可比拟的了，此后她却被囚禁在一个坚固的笼子里，何况那个笼子里是没有温暖的阳光和可口的饮食的，因为她在这里是以第三号姨太太的地位而存在着，而且那位掌理家中钱财并管束自己丈夫的二姨奶奶又是一个最缺乏人性的悍妇，当然不会有什么好脸面赏给这个女戏子的。你看到这里时你将作如何感想呢，我问你，你是不是认为她会对这个花了两千块钱的男子冷淡起来，而且愤怒起来？而且她将在这个家庭中做出种种不规矩事体，像一野禽要挣脱出樊笼？假如你这样想法，你就错了。这女子完全由于别人的安排而走上这么一种命运，然而她的生活环境却不曾磨损了她天生的好性情：她和平，她安详，她正直而忍让，正如我们最初看见她时的印象相同。这秦姓人家原先是一个富贵门第，到这时虽已衰落殆尽了，然一切地方均保持着旧日架子。这女人便在这情形下过着奴隶不如的生活。她在重重压迫之下忍耐着，而且渴望着，渴望自己能为这秦姓人家养出一个继承香烟的小人儿：为了这个，这秦姓男子才肯把她买到家来；为了这个，那位最缺乏人性的二姨奶奶才肯让这么一个女戏子陪伴自己丈夫，然而终究还是为了这个，二姨奶奶最讨厌女戏子，而且永远在这个女戏子身上施行虐待。当这个女戏子初次被接到家中来时，她参见了二姨奶奶，并先以最恭敬的态度说道：

“给姨奶奶磕头。——我什么都不懂得，一切都希望姨奶奶指教哩。”

说着便双膝跪下去了，这是正当礼法。然而那位二姨奶奶却厉色道：

“你觉得该磕便磕，不该磕便罢，我却不会还礼！”

女戏子不再言语，站起来回头偷洒两眼泪了。从这第一日起，她就已经知道她所遭遇的新命运了。于是她服从着、隐忍着，而且渴望着、祷告着，计算着什么时候她可以生得一个孩子，那时也许就是出头之日了，她自己在心里这么思忖。无奈已忍耐到一年光景了，却还不见自己身上有什么变化。她自己也悲观了，她自己知道自己是一株不结果子的草花，虽然鲜艳美丽，也不会取得主人的欢心，因为她的主人所要的不是好花而是果实。当希望失掉时，同时也失掉了忍耐。虽非完全出于自己心愿，她终于被那个最缺乏人性的二姨奶奶迫回乡下的父亲家里去了。她逃出这座囚笼以后，也绝不想再回到舞台去，也不想用不正当方法使自己快乐，却自己关在家里学着纺线、织布、编带子、打钱袋，由年老的父亲拿到市上去换钱来度着艰苦日子。

写到这里，我几乎忘记是在对你说话了。我有许多题外话要对你说，现在就拣要紧的顺便在这儿说了吧，免得回头又要忘掉。假如你想把这件事编成一篇小说——如果这材料有编成小说的可能——你必须想种种方法把许多空白填补起来，必须设法使它结构严密。我的意思是说，我这里所写的不过是一个简单的报告，而且有些事情是我所不能完全知道的，有些情节，就连那个告诉我这事情的人也不甚清楚，我把这些都留给你的想象去安排好了。我缺乏想象，而且我也不应当胡乱去揣度，更不必向你去瞎说。譬如这个女戏子——我还忘记告诉你，这女人在那姓秦的家里是被人当面呼做“女戏子”的，除却那个姓秦的男子自己——譬如她回到乡下的父亲家里的详细情形，以及她在父亲家里度过两年之后又如何回到了秦姓家里等经过，我都没有方法很确实地告诉你。但我愿意给你一些提示，也许对你有些好处。那个当面向我告诉这事情的人谈到这里时也只是说：

“多奇怪！她回到父亲家里竟是非常安顿，她在艰苦忍耐中度日子，她把外人的嗤笑当做听不见。再说那位二姨奶奶和无主张的少爷呢，时间在他们性情上给了不少变化，他们没有儿子，他们还在盼着。二姨奶奶当初最恨女戏子，时间也逐渐减少了她的厌恨。当然，少爷私心里是不能不思念那个女戏子的，而且他们又不能不想到那女戏子是两千块钱的交易品。种种原因的凑合，隔不到两年工夫，女戏子又被接到 × 城的家里来了。你猜怎样？你想她回来之后应当受什么看待？”我被三番二次地追问着。“二姨奶奶肯允许把女戏子接回来已经是天大的怪事了，接了来而又施以虐待，而且比从前更虐待得厉害，仿佛是为了给以要命的虐待而才再接回来似的，才真是更可怪的事情呢？像二姨奶奶那样人真无理可讲！”

总之，这女戏子是又被接到秦家来了。初回来时也还风平浪静，但过不到半月工夫，便是旧恨添新恨，左一个“女戏子”，右一个“女戏子”地骂着，女戏子便又恢复了奴隶不如的生活。一切最辛苦最龌龊的事情都由她来做，然而白日只吃得一碗冷饭，晚上却连一点灯火也不许点。男主人屈服在二姨奶奶的专横之下，对一切事情均不敢加一句可否，二姨奶奶看透了这个女戏子的弱点——她忠厚，她忍耐，于是便尽可能地在她的弱点上施以横暴。可怜这个女戏子不接近男人则已，一接近到男人便是死灰复燃，她又在做着好梦，她知道她还年轻，她知道她还美丽，她仍希望能从自己身上结出一颗果子来。希望与痛苦同时在她身上鞭打着，她的身体失掉了健康，她的脑子也失掉了主宰。女人身上所特有的一个血的源泉已告枯竭，然而她不知道这是致命的病症，却认为这是自己身中含育了一颗种子的征候。她疯了。她看见人家的小孩子便招呼“我的儿子”。又常常如白昼见鬼般说她的儿子在外边叫娘。你知道当年我们赁居的那人家是有一个小孩子的，这便是她拿着点心糖果等曾到我们那住所去的原因了。她把那个小孩子当做她的儿子，于是惹得我们的房东太太笑骂不得。假设我们当时不曾离开那个住所，我们一定可以看见那女戏子几次，说不定我们还能看见她的下场呢。

是柳叶桃开花的时候。

这秦姓人家有满院子柳叶桃。柳叶桃开得正好了，红花衬着绿叶，满院子开得好不热闹。这些柳叶桃是这人家的前一世人培植起来的，种花人谢世之后，接着就是这家业的衰谢。你知道，已经衰落了的人家是不会有人再培植花草的，然而偏偏又遇到了这么一个女戏子，她爱花，她不惜劳，她肯在奴隶生活中照顾这些柳叶桃。她平素就喜欢独自花下坐，她脑子失掉了正常主宰时也还喜欢在花下徘徊。这时候家庭中已经没有人理会她了。她每天只从厨房里领到一份冷饭，也许她不饿，也许饿了也不食，却一味用两手在饭碗里乱搅。她有时候出门找人家小孩叫“我的儿子”，有时候坐在自己屋里说鬼话，有时竟自己唱起戏来了——你不要忘记她是一个已经成名的花衫——她诅咒她自己的命运，她埋怨那个秦姓的男子，她时常用了尖锐的声音重复唱道：

“王公子，一家多和顺，

我与他露水夫妻——有的什么情……”

其余的时间便是在柳叶桃下徘徊了。她在花下叹息着，哭着，有时苦笑着，有时又不断地自言自语道：

“柳叶桃，开得一身好花儿，为什么却永不结一个果子呢？……”

她常常这样自己追问着，她每天把新开的红花插了满头，然后跑到自己屋里满脸涂些脂粉，并将自己箱笼中较好衣服都重重叠叠穿在身上，于是兀自坐在床上沉默去了。她会坐了很久的时间没有声息，但又会忽然用尖锐的声音高唱起来。有时又忽然显出恐惧样子，她不断地向各处张望着，仿佛唯恐别人看见似的，急急忙忙跑到柳叶桃下，把头上的花一朵一朵摘卸下来，再用针线向花枝上连缀，意思是要把已被折掉的花朵再重生在花枝上。她用颤抖的手指缠着、缝着，同时又用了痴呆的眼睛向四下张望着。结果是弄得满地落花，而枝上的花也都变成枯萎的了，而自己还自言自语地问着：

“柳叶桃，开得一身好花儿，为什么却结不出一个果子呢？……”

她一连七八日不曾进食，却只是哭着、笑着，摧折着满院子柳叶桃。最后一日她安静下去了，到得次日早晨才被人发现她已安睡在自己床上，而且永久不再醒来了，还是满面脂粉，一头柳叶桃的红花。

你还愿意知道以后的事吗？我写到这里已经回答了你十几年前的一个问题。“怎么回事呢？那个女人是怎么回事呢？”

我现在就回答你："是这么回事。"以后的事情很简单：用那个女戏子所有的一件斗篷和一只宝石戒指换得一具棺木，并让她在 × 城外的义冢里占了一角。又隔几日，她的种田的爸爸得到消息赶来了，央了一位街坊同到秦家门上找少爷，那街坊到得大门上叩门喊道：

"秦少爷，你们 ×× 地方的客人来了。"

"什么客人，咱不懂什么叫客人！找少爷？少爷不在家！"

里面答话的是二姨奶奶，她知道来者是女戏子的爸爸。

这位老者到哪里去找秦少爷呢？他可曾找得到吗？我不知道，就连那个告诉我这事的人也不知道。

这便是我今天要告诉你的一切。然而我心里仿佛还有许多话要说。我不愿意说我现在是为了人家的事情——而且是已经过去的事了——而烦忧着，然而我又确实觉得这些事和我发生了关系：第一，是那个向我告诉这事的人，也就是和那秦家有着最密切关系的一人，现在却参加到我的生活中来了，而且，说起这些事情，我又不能不想起当年我们两人在 × 城中的那一段生活，我又禁不住再向你问一句话：

"我们当年那些五颜六色的奇梦，现在究竟变到了什么颜色？"

一九三六年一月，资福寺

看坡人

每当秋收时候，看坡人到处巡逻着。

早晨的太阳，刚刚离地丈多高，已经成熟了的黄金色田禾上，尚缀着亮晶晶的露珠儿。夜里寒气已是稍稍为暖煦所驱散，这时候便有许多肩挑子的、携篮子的，从村中出发，给各处田地中收获的人们送早餐来了。收获的人们是早已盼着他们的早餐的，故不论已经收获完了几行庄稼，远远望见自己的送饭人便都直起了腰身。他们的衣服是湿漉漉的，两只手上却是不少泥土，于是就向尚未钐倒的庄稼上用残留的露水把手洗过，再用头巾把两手拭干，便摸起了各自的烟袋和火具来。一袋烟吸过之后，送饭人已经把早餐摆开，领工头目便用了木头勺子舀起半勺稀粥，向田地上浇奠着，并向着天空祷告道：

“老天爷，收获庄稼要晴天，庄稼上场要太阳啊。今天啊，不要刮风，不要下雨，风调雨顺，五谷丰登啊。”

当然，假如旱了很久，应当下雨而

仍不下雨，那时候的祷告一定是："落雨吧，落雨吧，再不落雨就歉年了。"然而无论什么时候，只要是在田地间用饭，有人向田地上浇奠过祷告过之后，一定还要加上一句道：

"老天爷，千万莫让那个瞎东西来吃饭啊！"

但终究有几家是倒霉的，早也不来，晚也不来，单等吃饭的时候那个瞎东西来了。

这个瞎东西当然是一个瞎汉，因为名叫东子，故一般人背地里均喊他瞎东西。他虽然瞎，却做着一件非用眼睛不可的事情。他已是四十多岁的人了，他借了两个儿子的眼睛给他当做引导，作为这一乡的看坡人已有将近二十年样子。这是这一带乡村风俗：无论什么庄稼，到得将近成熟时，便由村中派出一个人来作为看坡人，这人必须不分昼夜到这一带田地中巡逻，以防备有人偷盗庄稼，因为庄稼成熟时候，是常常被无赖穷人钐去许多的。一个看坡人也一定是一个穷人，他必是自己穷得连一垄田地也没有，他才能取得这看坡人的资格，而且他必定有一种可怕的性子，胆大，诡谲，无赖而且强悍，不然他将没有方法使偷庄稼的人不敢折一支谷穗，捋一把豆角。这个瞎东西是有做一个看坡人的资格的，虽然没有眼睛绝不是看坡人的必要条件。

这一带人对于那个瞎东西均存一种惧怕心理，富人们唯恐他不忠于他的职务，如果得罪了这个瞎东西自己的庄稼是要吃亏的，穷人们则唯恐他太忠于他的职务，如果奉承不周，即使不曾偷，也会被扭到义坡社里去受罚。而且这个瞎东西本身就是可怕的。尤其是孩子们，总觉得这个瞎东西是一个鬼怪人物。他的身材高大，声音高亢，面目本极枯瘦，因了一双深陷的空洞眼窝，就更显得枯瘦难看。他穿一身宽大破旧衣服，也与其他算命瞎先生的无甚异样。他常用高亢声音向别人抗辩似的说话，而说话时又每每把盖着两个深洞的眼皮眨动着，同时就露出那两个洞穴中的红色内部，这个乃令人更有一种厌恶而害怕的感觉。小孩们是喜欢同瞎子开种种玩笑的，而对于这个看坡的瞎子却独独不敢。孩子们常常向大人追问这个瞎东西的来历。问他从哪里来的，问他为什么没有眼睛珠子，并问他没有眼睛为什么还能捉住偷庄稼的女人。每到收获庄稼时候，这个瞎东西便不断地在田地间走动着，于是有不少的人在田地间谈论这个瞎子的事情，人们像谈远年故事那样有趣，并时常用这个瞎子来恐吓淘气的小孩，说他的耳朵极灵敏，能远远听到极细声音，说他的牙齿很锐利，如果咬着淘气的小孩，是比较蛇蝎咬伤还更厉害。

这个瞎东西就吃亏有一双好眼睛。——在田地间收获着，大家谈起了看坡的瞎子时，常有人这么说。——他年轻时候，父母俱在，家里也是有些产业的人家。自己生得聪明伶俐，漂亮洁净，只因为不曾受得好的教养，故他的聪明漂亮只帮助他在女人队伍中占了不少的便宜。方当二十四五年纪，经他自己玷污过的清白女子已有十几个之多，这是他自己承认下的事实。他一双圆大明朗的眼睛是最有诱惑性的，多少乡下女孩子都被他那双眼睛给点燃了情火。就当他二十五岁的一年冬天，他同邻近村庄中一个少妇勾搭上了。他当时年少力强，情急胆大，不论昼夜，总常到这个少妇家中走动，这件事颇为这村中青年人所气愤，其中有些是为了村庄中体面，但有些则纯粹是为了嫉恨。这个小村庄是位置在一道河堤下面，距河堤不过三里便是一道向东奔流的大河。这靠河一带人民，多数是贫极无聊，而且又赋有剽悍好斗性子，他们存心要对付这个有美丽眼睛的浪子，已经不是一日了。

正值一个飞雪的夜里，他又睡在他的情妇身边了。到得夜深时候，村中恶少聚集有十数之众，并不曾费过多少力气，便把他从那女子身边拖到了河堤上面。这时候雪片还在飞着，在暗夜里只看见漫天地白茫茫一片。本来就刮着刺骨的北风，河堤又高出地面一丈来高，风势就更显得可怕，而他却是一丝不挂的赤着身子，任着他的仇人们摆布。他有一身强健如牛的力气，他也有敏捷如猿猴的手脚，无奈寡不敌众，他又如何挣脱得开。他也曾用了撕裂开的喉咙狂呼求救，然而在震撼天地的风声中，他的狂呼也不会传到人家睡梦中去。即使有人听到，也会装作听不见的了。

“送到当官！”

“揍死他！”

“填到冰冰底下！”

其实他们已经把他打得半死了，他们却没有方法发落，于是议论纷纷了。他们大多数是赞成把他填到冰冰底下的。这条大河从这儿流过，虽不曾给这一带人民出过鱼盐利益，也不曾有多少航行方便，却时常作为这一带人民解私仇时葬人命的地方。尤其当严冬时候，两尺来厚的坚冰封住了河面，如于河面凿一个冰洞，把一个人捆了手脚从冰洞放入河内，这个遭了水葬的人便非至明春冰解河开时不能浮到水面来。然而到得那时，他却早已从冰冰底下顺流而下，直达东海不知所往了。故这种方法十分安全，绝难有犯罪踪迹可寻。但正当他们已决定照这样结果时，忽然有一个人很得意地疾声呼道：

“挖掉他的眼睛！”

“对！摘掉他两盏鬼灯！”

不再踌躇，这新的方法又决定了。无疑的，他们早就恨着他那一双圆大明朗的眼睛，那是两盏鬼灯，是曾经诱惑许多良家妇女的，他们觉得只一个死还未免太便宜些，不如留给他一条性命，却叫他在黑暗中过一世困苦日子，而且他们所需要的工具也是非常方便的，因为他们身边多带有吸旱烟的火具。那时候虽已有洋火这东西流行着，然大多数庄稼人还用着古老方法：用一块火镰击打火石，使击出的火星点燃用火纸卷做的火煤，然后用火煤点燃烟斗里的烟叶。这里所用的火煤，平常是装在一支火筒内的，火筒是用一节竹管做成，竹管开口一端多削作锐利的尖劈样子，于是这火筒便是挖取眼睛的最好利器了。只消用火筒的尖劈一端对准眼珠，用力向深处一拧，一颗眼珠便脱离眼窝而落入筒中了。这个生有美丽眼睛的浪子，被人家用这方法把两盏鬼灯摘掉之后，已是昏迷过去如死人一般了。

天明之后，经他的父母央托了族中人把他抬回家来，过了不到一天工夫而他又从死里苏醒了过来，这完全是出人意外的事，这事情自然使一乡人非常惊骇，然所引起的感想却不大一致：被人家打一顿又挖掉眼睛当然是非常残忍，而同时又觉得这么一个人还会死而复生真叫人不大痛快；故事后他的父母虽曾经设种种方法以图报复，终究也无人肯给一点帮助。愁病加在两个老人身上，使两个老人不到一年工夫均相继过世去了。一点产业留给了没有眼睛的儿子，不到两年工夫，这宗产业也就顺着瞎人的手指溜了出去。这个瞎东西便开始他的困苦日子了。

瞎东西用什么方法跑到了远方，过了些岁月，学会了说书算卦，并带了一个瞎女人和一个五六岁的孩子回来，是不常听人谈到的，但这些事实已充分表现了这个瞎东西的本领。人虽已穷了，却还是一身的硬骨头，他的算命锣从来就不曾在本乡的街巷响过，这一带人也不曾聆教过他的梨花大鼓，他说在本乡本土干这些勾当是很对不起自己祖先的。以胡乱对付的方法过得一二年后，那个瞎女人又给他生下一个儿子，他自己则用了无数唇舌已取得了一个看坡人的头衔。这时候显见得他的生活更不如从前了，然而他还要说："我喜欢在坡野里跑着玩儿，可并不是为了一份口粮才来看坡。"那个从远方带回来的孩子，虽然不是他自己的种子，却如同他自己的一般，聪明、伶俐，且生得洁白端正，六七岁时，便起始为瞎东西牵一条竹马做向导，每当收获时候在田地间走来走去。等到这孩子变成一个无赖浪子，脱离一双瞎爹娘去过极不规则生活时，瞎子的第二个儿子已经能够同样牵竹马做向导了。瞎东西的身体很结实，故不怕风雨寒暑，均能不分昼夜在田地间尽他的本分。名义上是"看坡人"，而他在本分上尽力却不是"看"，而只是打听得谁人偷了人家庄稼，他便不问真假，到那人家门口拼死舍命，不经他这一闹自然无事，经他一闹则无事也就有事了。时常为了一支谷穗便把一个贫穷人家累得更穷更苦。因此，一般穷人实在都怕这个瞎东西怕得厉害。而有田地的人家因为没有方法且不好意思对付一般穷人，也就乐得来利用这个瞎东西了，虽然有田地的人家也同样对这个瞎东西怀着厌恶和惧怕。

瞎东西在这种情形中生活下来，而且已继续到将近二十年的样子了，可以说是没有多大困难的。他每年可以挨门敛得尽够烧用的柴薪，每年两季可以按地亩多寡向人家讨得许多粮米，这些事情多由村中管事人代他办理，而他自己还逢人就说：“看坡不看坡倒不打紧，只是向街坊们求求帮靠罢了。”愈是富家，他更肯用了花言巧语向人家索讨。每当收获庄稼时候，他更可过得舒服日子。他在田地间靠帮吃饭，是不但饱了他自己肚子，而且还担保了一家人不会饿饭。由他儿子作为指引，看着谁家的早餐已经在田地间摆开了，便仰着笑脸跑到谁家田地去。他明明在一处吃过了，却仍须再吃另一处。若再到别一处时，便急急忙忙说道：“啊，对不起，我今早还不曾巡逻过一遭儿，顾不得吃您的饭了，就请给我几个干粮我就且走且吃吧。”这样走过几段田地，就讨得许多干粮回家去了。这个很使一些在田地间收获的人们不喜欢，他们讨厌看这个瞎东西的脸，他脸上那一双黑洞使人恶心，而人们更嫌他不洁净，嫌他狠毒、贪得无厌。然而人们也无可如何，只能于临吃饭时，向天地浇奠过祷告过后，再附带一句道：

“老天爷，千万莫让那个瞎东西来吃饭啊！”

扇子崖

八月十二日早八时，由中天门出发，游扇子崖。

从中天门至扇子崖的道路，完全是由香客和牧人践踏出来的，不但没有盘路，而且下临深谷，所以走起来必须十分小心。我们刚一发脚时，昭便“险哪险哪”地喊着了。

昭尽管喊着危险，却始终不曾忘记夜来的好梦，她说凭了她的好梦，今天去扇子崖一定可以拾得什么“宝贝”。昭正这样说着时，我忽然站住了，我望着山头上的绿丛中喊道：“好了，好了，我已经发现了宝贝，看吧，翡翠叶的紫玉铃儿啊。”一边说着，指给昭看，昭像做梦似的用不敢睁开的眼睛寻了很久，然后才惊喜道：“呀，真美哪，朝阳给照得发着宝光呢。”仿佛唯恐不能为自己所有似的，她一定要我去把那“宝贝”取来。为了便于登山涉水起见，我答应回中天门时再去取来奉赠，得到同意，再向前进发。

我们沿着悬崖向西走去，听谷中水声、牧人的鞭声和牛羊鸣声。北面山坡上有几处白色茅屋，从绿树丛中透露出来，显得清幽可喜，那茅屋前面也是一道深沟，而且有泉水自上而下，觉得住在那里的人实在幸福，立刻便有一个美丽的记忆又反映出来了：是某日的傍晚，太阳已落到山峰的背面，把余光从山头上照来，染得绿色的山崖也带了红晕，这时候正有三个人从一条小径向那茅屋走去，一个穿雨过天晴的蓝色，一个穿粉蝴蝶般的雪白，另一个则穿了三春桃花的红色，但见衣裳飞舞，不闻人声嘤嘤，假如嘤嘤地谈着固好，不言语而静静地从绿丛中穿过岂不更美吗？现在才知道那几处茅屋便是她们的住处，而且也知道她们是白种妇女，天之骄子。

我们继续进行着，并谈着山里的种种事情，忽然前面出现一个高崖，那道路就显得难行，爬过高崖，不料高崖下边却是更难行的道路，这里简直不能直立人行，而必须蹲下去用手扶地而动了，有的地方是乱石如箭，有的地方又平滑如砥，稍一不慎，便有坠入深渊的危险。过此一段，则见四面皆山，行路人便已如落谷底，只要高声说话，就可以听到各处连连不断，如许多人藏在什么山洞里唱和一样，觉得很有意思，于是便故意地提高了声音喊着、叫着，而且唱着，听自己的回声跟自己学舌。约计五六里之内，像这样难走的地方共有三四处，最后从乱石中间爬过，下边却又豁然开朗，另有一番天地，然而一看那种有着奇怪式样的白色茅屋时，也就知道这天地是属于什么人家的了。

我们由那乱石丛中折下来，顺着小径向南走去，刚刚走近那些茅屋时，便已有着相当整齐的盘道了，各处均比较整洁，就是树木花草，也排列得有些次序。在这里也遇到了许多进香的乡下人，那是我们的地道的农民，他们都拄着粗重的木杖，背着柳条编织的筐篮，那筐篮里盛着纸马香馃，干粮水壶，而且每个筐篮里都放送出酒香。他们是喜欢随时随地以磐石为几凳，以泉水煮清茶，虽然并没有什么肴馔，而用以充饥的也不过是最普通的煎饼之类，然而酒是人人要喝的，而且人人都有相当的好酒量。他们来到这些茅屋旁边，这里望望，那里望望，连人家的窗子里也都探头探脑地窥看过，谁也不说话，只是觉得大大地稀罕了。等到从茅屋里走出几个白种妇女时，他们才像感到被逐似的慢慢地走开。我们沿着盘道下行，居然也走到人家的廊下来了，那里有桌有椅，坐一个白种妇人和一个中国男子，那男子也如一个地道的农人一样打扮，正坐在一旁听那白种妇人讲书，那桌上卧着一本颇厚的书册，十步之外，我就看出那书脊上两个金色大字，“Holy，Bible”，那个白种妇人的 God God 的声音也听清了。我却很疑惑那个男子是否在诚心听讲，因为他不断地这里张张，那里望望，仿佛以为鸿鹄将至似的，那种傻里傻气的神气，觉得可怜而又可笑。我们离开这里，好像已走入了平地，有一种和缓坦荡的喜悦，虽然这里距平地至少也该尚有十五里路的样子。

这时候，我们是正和一道洪流向南并进。这道洪流是汇集了北面山谷中许多道水而成的，澎澎湃湃，声如奔马，气势甚是雄壮。水从平滑石砥上流过，将石面刷洗得如同白玉一般；有时注入深潭，则成澄绿颜色，均极其好看。东面诸山，比较平铺而圆浑，令人起一种和平之感，西面诸山则挺拔入云，而又以扇子崖为最秀卓，叫人看了也觉得有些傲岸。我们也许是被那澎湃的水声所慑服了，走过很多时候都不曾言语，只是默默地望着前路进发。直到我们将要走进一个村落时，那道洪流才和我们分手自去了。这所谓村落，实在也不过两户人家，东一家，西一家，中间为两行榛树所间隔，形成一条林荫小路。榛树均生得齐楚茂密，绿蒙蒙的不见日光，人行其下，既极凉爽，又极清静，不甚远处，还可以听到那道洪流在西边呼呼地响着，于是更显得这林荫路下的清寂了，再往前进，已经走到两户人家的对面，则见豆棚瓜架，鸡鸣狗吠。男灌园，女绩麻，小孩子都脱得赤条条的，拿了破葫芦、旧铲刀，在松树荫下弄泥土玩儿。虽然两边茅舍都不怎么整齐，但上有松柏桃李覆荫，下有红白杂花点衬，茅舍南面又有一片青翠姗姗的竹林，这地方实在是一个极可人的地方。而且这里四面均极平坦，简直使人忘记是在山中，而又有着山中的妙处，昭说：“这便是我们的家呀，假如住在这里，只以打柴捉鱼为生，岂不比在人间混混好得多吗？”姑不问打柴捉鱼的有否苦处，然而这点自私的想头却也是应当原谅的吧，我们坐在人家林荫路上乘凉，简直恋恋不舍，忘记是要到扇子崖去了。

走出小村，经过一段仅可容足的小路，路的东边是高崖，西边是低坡，均种有菜蔬、谷类，更令人有着田野中的感觉。又经过几处人家，便看见长寿桥，不数十步，便到黑龙潭了。从北面奔来的那道洪流由桥下流过，又由一个悬崖泻下，形成一条白练似的瀑布，注入下面的黑龙潭中。据云潭深无底，水通东海，故作深绿颜色。潭上悬崖岸边，有一条白色石纹，和长寿桥东西平行，因为这里非常危险，故称这条石纹为阴阳界，石纹以北，尚可立足，稍逾石纹，便可失足坠潭，无论如何，是没有方法可以救得性命的。从长寿桥西端向北，有无极庙，再折而西，便是去扇子崖的盘道了。这时候天气正热，我们也走得乏了，便到一家霍姓人家的葫芦架下去打尖。问过那里的主人，知道脚下到中天门才不过十数里，上至扇子崖也只有三四里，但因为曲折甚多，崎岖不平，比起平川大路来却应当加倍计算。

上得盘道，就又遇到来来往往的许多香客。沿路听香客们谈说故事，使人忘记上山的辛苦。我们走到盘道一半时，正遇到一伙下山香客，其中一个老人正说着扇子崖的故事，那老人还仿佛有些酒意，说话声音特别响亮。我们为那故事所吸引，便停下脚步听他说些什么。当然，我们是从故事中间听起的，最先听到的仿佛是这样的一句歌子：“打开扇子崖，金子银子往家抬呀！”继又听他说道：“咱们中原人怎能知道这个，这都是人家南方蛮子看出来的。早年间，一个南方蛮子来逛扇子崖，一看这座山长得灵秀，便明白里边有无数的宝贝。他想得到里边的宝贝，就是没有方法打开扇子崖的石门。凡有宝贝的地方都有石门关着，要打开石门就非有钥匙不行。那南方蛮子在满山里寻找，找了许多天，后来就找到了，是一棵棘针树，等那棘针树再长三年，就可以用它打开石门了。他想找一个人替他看守这棘针，就向一个牧童商量。那牧童答应替他看守三年。那南方蛮子答应三年之后来打开扇子崖，取出金子银子二人平分。这牧童自然很喜欢，那南方蛮子却更喜欢，因为他要得到的并非金银，金银并不是什么稀罕东西，他想得到的却是山里的金碾，玉磨，玉骆驼，金马，还有两个大闺女，这些都是那牧童不曾知道的……”仅仅听到这里，以后的话便听不清了，觉得非常可惜。我们不能为了听故事而跟人家下山，就只好怏怏地再向上走。然而我们也不能忘记扇子崖里的宝贝，并十分关心那牧童曾否看守住那棵棘针、那把钥匙。但据我们猜想，大概不到三年，那牧童便已忍耐不得，一定早把那树伐下去开石门了。

将近扇子崖下的天尊庙时，才遇见一个讨乞的老人。那老人哀求道：“善心的老爷太太，请施舍施舍吧，这山上就只我一个人讨钱，并不比东路山上讨钱的那么多！”他既已得到了满足之后，却又对东山上讨钱的发牢骚道：“唉唉，真是不讲良心的人哪，家里种着十亩田还出来讨钱，我若有半亩地时也就不再干这个了！”这是事实，东山上讨钱的随处皆是，有许多是家里过得相当富裕的，沿路讨乞，也成了一种生意。大概因为这西路山上游人较少，所以讨乞的人也就较少吧，比较起来，这里不但讨乞的人少，就是在石头上刻了无聊字句的也很少，不像东路那样，随处都可以看见些难看的文字，大都古人的还比较好些，近人的则十之八九是鄙劣不堪，不但那些字体写得不美，那意思简直就使自然减色；在石头上哭穷的也有，夸官的也有，宣传主义的也有，而罗列政纲者也有，至于如“某某人到此一游”之类的记载，倒并不如这些之令人生厌。在另一方面说，西路山上也并不缺少山涧的流泉和道旁的山花，虽然不如东路那样显得庄严雄伟，而一种质朴自然的特色却为东路所未有。

至于登峰造极，也正与东路无甚异样，顶上是没有什么好看的，好看处也还只在于“望远”，何况扇子崖的绝顶是没有方法可以攀登的，只到得天尊庙便算尽头了；扇子崖尚在天尊庙的上边，如一面折扇，独立无倚，高矗云霄，其好处却又必须是在山下仰望，方显出它的秀拔峻丽。从天尊庙后面一个山口中爬过，可以望见扇子崖的背面，壁立千仞，形势奇险，人立其下，总觉得那矗天矗地的峭壁会向自己身上倾坠下来似的，有懔然恐怖之感。南去一道山谷，其深其远皆不可测，据云古时有一少年，在此打柴，把所有打得的柴木都藏在这山谷中，把山谷填满了，忽然起一阵神火把满谷的柴都烧成灰烬，那少年人气愤不过，也跳到火里自焚，死后却被神仙接引了去，这就是“千日打柴一日烧”的故事。因为那里山路太险，昭又不让我一人独去，就只好作罢了。我们自天尊庙南行，去看月亮洞。

天尊庙至月亮洞不过半里。叫做月亮洞，也不知什么原因，只因为在洞内石头上题了“月亮洞”三个字，无意中便觉得这洞与月亮有了关系。说是洞，也不怎么像洞，只是在两山衔接处一个深凹的缺罅罢了。因为那地方永久不见日光，又有水滴不断地从岩石隙缝中注下，坠入一个小小水潭中，铿铿然发出清澈的声音，使这个洞中非常阴冷，隆冬积冰，至春三月犹不能尽融，却又时常生着一种阴湿植物，葱茏青翠，使洞中如绿绒绣成的一般。是不是因为有人想到了广寒宫才名之曰月亮洞的呢？这当然是我自己的推测，至于本地人连月亮洞的名字也并不十分知道的。坐月亮洞中，看两旁陡岩平滑，如万丈屏风，也给这月亮洞添一些阴森。我们带了烧饼，原想到那里饮泉水算作午餐，不料那里却正为一伙乡下香客霸占了那个泉子，使我们无可如何。香客中的一个，约有四十多岁年纪，不但身量太矮，脸相也极丑陋，而且顶奇怪的是在左眼上边生一个肉瘤，正好像垂下来的肉布袋一般，把一只眼睛遮盖得非常严密，令人看了觉得有些可怕，那简直像什么人的鬼趣图中的角色了。他虽然只有一只眼睛可用，却又最爱用他那唯一的眼睛，大概在他的眼里我们也成了什么鬼怪的缘故吧，他一刻不停地用一只眼睛望着我们。这使我们很窘，尤其是昭，她简直害怕起来了。其他的香客虽然都生得平头正脸，然而用了鄙夷的眼光望着我们的那种神色，也十分讨厌。我们并不曾久留，只稍稍休息一会便走开了。

回到天尊庙用过午餐，已是下午两点左右，再稍稍休息一会，便起始下山。

在回来的途中，才仿佛对于扇子崖有些恋恋，不断地回首顾盼。而这时候也正是扇子崖最美的时候了。太阳刚刚射过山峰的背面，前面些许阴影，把扇面弄出一种青碧颜色，并有一种淡淡的青烟，在扇面周围缭绕。那山峰屹然独立，四无凭借，走得远些，则有时为其他山峰所蔽，有时又偶一露面，真是“却扇一顾，倾城无色”，把其他山峰均显得平庸俗恶了。走得愈远，则那青碧颜色更显得深郁，而那一脉青烟也愈显得虚灵缥缈。不能登上绝顶，也不愿登上绝顶，使那不可知处更添一些神秘，相传这山里藏着什么宝贝，大概也就是因为这个了吧。道路两旁的草丛中，有许多蚂蚱振羽作响，其声如蝈蝈儿，清脆可喜。一个小孩子想去捕捉蚂蚱，却被一个老妈妈阻止住了。那老妈妈穿戴得整齐清洁，手中捧香，且念念有词，显出十分虔敬样子，这大概是那个小孩的祖母吧，她仿佛唱着佛号似的，向那孙儿说：

“不要捉哪，蚂蚱是山神的坐骑，带着辔头驾着鞍呢。”

我听了非常惊奇，便对昭说：“这不是很好的俳句了吗？”昭则说确是不差，蚂蚱的样子真像带着鞍辔呢。

过长寿桥，重走上那条仅可容足的小径时，那小径却变成一条小小河沟了。原来昨日大雨，石隙中流水今日方泻到这里，虽然难走，却也有趣。好容易走到那有林荫路的小村，我们又休息一回，出得小村，又到那一道洪流旁边去拱水取饮。

将近走到中天门时，已是傍晚时分，因为走得疲乏，我已经把我的约言完全忘了，昭却是记得仔细，到得那个地点时，她非要我去履行约言不行，于是在暮色苍茫中，我又去攀登山崖，结果共取得三种“宝贝”，一种是如小小金钱样的黄花，当是野菊一类，并不是什么稀罕东西，另外两种倒着实可爱：其一，是紫色铃状花，我们给取它名字叫做“紫玉铃”；其二，是白色钟状花，我们给它取名字叫做“银挂钟”。

回到住处，昭一面把山花插在瓶里，一面自语道：

“我终于拾到了宝贝。”

我说：“这真是宝贝，玉铃银钟会叮当响。”

昭问：“怎么响？”

我说：“今天夜里梦中响。”

一九三六年八月十五日，泰山中天门

井

今夜，我忽然变成了一个老人。

我有着老年人的忧虑，而少年人的悲哀还跟随着我，虽然我一点也不知道：两颗不同滋味的果子为什么会同结在一棵中年的树上。

夜是寂静而带着嫩草气息的，这个让我立刻忆起了白色的日光、湿润的土壤和一片遥碧的细草，然而我几乎又要说出：微笑的熟知的面孔，和温暖而柔滑的手臂来了——啊！我是多么无力呀，我不是已经丝毫不能自制地供了出来吗？我不愿再想到这些了。于是，当我立定念头不再想到这些时，夜乃如用了急剧的魔术，把一切都淋在墨色的雨里，我仿佛已听到了雨声的叮当。

夜，暗得极森严，使我不能抬头，不能转动我的眼睛，然而我又影影绰绰地看见，带着旧岁的枯黄根叶，从枯黄中又吐出了鲜嫩的绿芽的春前草。

我乃轻轻地移动着，慢慢地在院子里逡巡着。啊，叮当，怎么的？梦中的雨会滴出这样清脆的声响吗？我乃更学一个老人行路的姿势，我拄着一支想象的拐杖，以蹑蹀细步踱到了井台畔。

叮当，又一粒珍珠坠入玉盘。

我不知道我在那儿立了多久，我被那种慑服着夜间一切精灵的珠落声给石化了，我觉得周身清冷，我觉得我与那直立在井畔的七尺石柱同其作用：在负着一架古老的辘轳和悬在辘轳上的破水斗的重量，并静待着，谛听破水斗把一颗剔亮精圆的水滴掷向井底。

泉啊，人们天天从你这儿汲取生命的浆液，曾有谁听到过你这寂寞的歌唱呢？——当如是想时，我乃喜欢于独自在这静夜里发掘了秘密，却又感到了一种寂寞的侵蚀。

今夜，今夜我做了一个夜游人，我的游，也就在我的想象中，因为我的脚还不曾远离过井台畔。

马蹄

我不知为什么骑上了一匹黑马，更不知要骑到什么地方。只知道我要登山，我正登山，而山是一直高耸，耸入云际，仿佛永不能达到绝顶。而我的意思又仿佛是要越过绝顶，再达到山的背面，山背面该是有人在那里等待我，我也不知道那人是谁，更不知道那人是什么样子。

我策马，我屏息，我知道我的背上插一面大旗，也知道旗上有几个大字，却永不曾明白那几个字是什么意义。我听得我的旗子随着马蹄声霍霍作响。我的马也屏息着，好像深知道它的负载的重量。

夜已深了，我看不见山路，却只见迎面都是高山，山与天连。仰面看头上的星星，乃如镶嵌在山头，并做了山的夜眼。啊，奇迹！我终于发现我意料之外的奇迹了：我的马飞快地在山上升腾，马蹄铁霍霍地击着黑色岩石。随了霍霍的蹄声，乃有无数的金星飞迸。

于是我乃恍然大悟，我知道我这次

夜骑的目的了，我是为了发现这奇迹而来的，我看见马蹄的火花，我有无上的快乐。我的眼睛里也迸出火花，我的心血急剧地沸腾。然而我却非常镇静。因为夜是暗黑而死寂的，我必须防备着惊醒到每一棵草上的露珠和每一棵树株上的叶尖，我也不愿让任何精灵来窥探我的发现。这时天上的星星都变得黯淡了，我简直把它们忘记了，我的呼吸只能跟着马蹄的拍节——这也是夜的进行的拍节，而我的眼睛中就只看见马蹄铁与黑色岩石所击出的星光——天上的星星都陨落了，我脚下的星星却飞散着。我别无所求，我只是在黑暗中策骑登山，而我的快乐，就只在看马蹄下的金火。

我乃在下意识地祝祷夜的永恒，并诅咒平原的坦荡，因为我的奇迹是只在黑暗的深山中才会发现，而我的马呢？它会为平原的道路所困死，我的旗帜也将为平原的和风所摧折。

树

我们卜居于一个新鲜地方。

说是新鲜，实在又觉得熟悉，因为那地方很像我幼年时代的常至之所，于是心里想道："这乃是故国神游了"，于是感到了一些气馁。左面一座古寺，那些殿堂的角落里还可以听到娇嫩的欢笑声吧，我就使脚步静下来倾耳静听着，不听时倒还听见，听起来却寂然无闻，只有风声从檐下掠过，有铁马在殿角丁零作响罢了。北面是一处高台，台上一座古屋，我说这应是一座禅堂，然而这就是我们卜居的地方。莫知所以地喜欢这地方，却也并不问这古屋内什么陈设，其他两面都是旷野固已可喜，而最觉可意的还是台下面一曲清水，水中绿藻银鳞，清楚可数。"只要有流水的地方就是好的"，我是这样想。但这里实在还有美中不足的地方：我爱树，而我的新居的周围竟没有一棵树。

我爱一切树，不管是常绿的或落叶的。我就最喜欢种树这个意思。午荫清圆如一把伞，我愿做种树人，也愿做一个行人到树下来歇脚乘凉。祖祖种树，孙孙得果，我愿做种树的祖祖，也愿做吃果子的孙孙。榆柳荫后檐，桃李罗堂前，也是我最喜欢的境界。然而我这古屋的周围竟无一点绿。

我想种树，我更盼望有远方的游鸟，从异域带来嘉树的种子，当它正飞过我的新居时，把种子遗落地上，这种子将得到风的培覆，雨露的滋润，而生长，而繁茂，而罩我一地清荫。然而奇怪呀，这又是奇迹，仿佛“神说：要有光，就有了光”。

我说：要有树，就有树了。实在我还不知道我的树是怎么生长的，我的古屋的周围已是疏疏落落地有树成林了。

我们并不言语；也不惊喜，只是以和平的微笑望着树的生长。

树是继续生长着的，我们仿佛听到了树叶的开展声。我们不知道树的名字，也不知道将结出什么花果，只见树干不高，恰好达到窗檐，株似梧桐，叶似蝴蝶，作秋末霜叶色，然而那是鲜嫩的带着细细绒毛的。我愿意这些树发展到这样子便停止，它们将永久把初春留在枝头。

当我刚要开口说出赞美与感谢的时候，一切都退隐入迷离的梦中。

荷叶伞

我从一座边远的古城，旅行到一座摩天的峰顶，摩天的峰顶住着我所系念的一人。

路途是遥远的，又隔着重重山水，我一步一步跋涉而来，我又将一步一步跋涉而归，因为我不曾找到我所系念的人。——因为，那个人也许在更遥远的地方，也许在更高的峰顶，我怀着满怀空虚，行将离开这个圣地。但当我以至诚的心为那人祷告时，我已经得到了那人的恩惠，我的耳边又仿佛为柔风送来那人的言语：

"给你这个——一把伞。你应当满足，因为这个可以使你平安，可以为你蔽雨。"

于是，我手中就有一把伞了，而我的满足却使我洒下眼泪。

我细看我的伞，乃是一把荷叶伞，其大如荷叶，其色如荷叶，而且有败荷的香气。心想：方当秋后，众卉俱摧，唯有荷叶，还在水面停留，如今我打了我的荷叶伞，我正如做了一支荷叶的柄，虽然觉得喜欢，却又实在是荒凉之至。我向着归路前进，我听到伞上的雨声。

天原是晴朗的，正如我首途前来时的心情，明白而澄清，是为了我的伞而来雨吗？还是因为预卜必雨而才给我以伞呢？这时天地黑暗，云雾迷蒙，不见山川草木，但闻伞上雨声。起初我还非常担心，我衣，我履，万一拖泥带水，将如何行得几千里路。但当我又一转念时，我乃寂寞地一笑了：哪有作为一支荷叶梗而犹担心风雨的呢，白莲藕生长泥里，我的鞋子还怕什么露水。何况我的荷叶伞乃是神仙的赠品。

雨越下越大了，而我却越感觉平安，因为我这时才发现出我的伞的妙用：雨小时伞也小，雨大时伞也大，当时雨急，我的伞也就渐渐开展着，于是我乃重致我的谢意。

忽然，我觉得我的周围有变化了，路上已不止我一个行人，我仿佛看见许多人在昏暗中冒雨前进。雨下得很急，他们均如孩子们在急流中放出的芦叶船儿，风吹雨打，颠翻漂没，我起始觉得不安了，我恨我的伞不能更大，大得像天幕，我希望我的伞能分做许多伞，如风雨中荷叶满江满湖。我的念头使我无力，我的荷叶伞已不知于几时摧折了。

我醒来，窗外的风雨正急。

绿

我独处在我的楼上。

我的楼上？——我可曾真正有过一座楼吗？连我自己也不敢断言，因为我自己是时常觉得独处楼上的。西北有高楼，上与浮云齐，这个我很爱，这也就是我的楼上了。

我独处在我的楼上，我不知道我做些什么，而我的事业仿佛就是在那里制造醇厚的寂寞。我的楼上非常空落，没有陈设，没有壁饰，寂静，昏暗，仿佛时间从来不打这儿经过。我好像无声地自语道："我的楼吗？这简直是我的灵魂的寝室啊，我独处在楼上，而我的楼却又住在我的心里。"而且，我又不知道楼外是什么世界，如登山人遇到了绝崖，绝崖的背面是什么呢？绝崖登不得，于是感到了无可如何的惆怅。

我在无可如何中移动着我的双手。我无意间，完全是无意地以两手触动到我的窗子了（我简直不曾知道有这个窗子的存在）——乃如深闺中的少年妇人，于无聊时顺手打开一个镜匣，顷刻间，在清光中照见她眉宇间的青春之凋亡了，而我呢，我一不小心触动了这个机关，我的窗子于无声中豁然而开朗，如梦中人忽然睁大了眼睛，独立在梦境的边缘。

我独倚在我的窗畔了。

我的窗前是一片深绿：从辽阔的望不清的天边，一直绿到我楼外的窗前。天边吗？还是海边呢？绿的海接连着绿的天际，正如芳草连天碧。海上平静，并无一点波浪，我的思想就凝结在那绿水上。我凝视，我沉思，我无所沉思地沉思着，忽然，我若有所失了，我的损失将永世莫赎，我后悔我不该发那么一声叹息，我的一声叹息吹皱了我的绿海，绿海上起着层层的涟漪。刹那间，我乃分辨出海上的蘋藻，海上的芰荷，海上的芦与荻，这是海吗？这不是我家小池塘吗？也不知是暮春还是初秋，只是一望无边的绿，绿色的风在绿的海上游走，迈动着沉重的脚步。风从蘋木吹入我的窗户，我觉得寒冷，我有深绿色的悲哀，是那么广漠而又那么沉郁。我一个人占有这个忧愁的世界，然而我是多么爱惜我这个世界呀。

我有一个喷泉深藏胸中。这时，我的喷泉起始喷涌了，等泉水涌到我的眼帘时，我的楼乃倾颓于一刹那间。

通草花

早春花少，蜜蜂要采蜜，必须飞到较远的地方。新出房的蜜蜂是有些晕眩的，而且已忘记了旧时的花路。一只非常明洁的蜜蜂飞到我的案头，嗡嗡地唱着，就在花瓶中的花朵上工作起来了。

“呀，这鲜花生得真妙呵，像这等颜色真是少见呢。”前些天，一个年轻人走来，看了我的花竟这样稀罕起来，我觉得这个人真是幸福的了。对于一见了我的花便说“这是假的”，而且还贪婪地将花朵触到鼻端，要试试有无花香的那另一女人，我却觉得她是可悯的了。

我感谢那个赠我以好花并花瓶的人，使我的案头添一些颜色。但我又不能不为了赠花人而觉得悲哀；花还在案头开着，而且将永久开着，赠花人却已经谢世了。

那还只是去年秋天的事情呢：赠花人远远从一个古城中归来，说道：“哪，还有什么可意的东西好赠呢，觉得这通草花倒还可爱——这是旧时代的好饰物，如今却是过时的了，造花人的生意也都渐渐衰落了，但因为知道你欢喜这个，便送了这个来；而且还配来这么一个瓷瓶儿。”把花束插在花瓶里，把花瓶放在书案上，又用了洁白的手指指点着花瓶告诉我道：“你看啊，你可喜欢这瓶上的图画吗？我想你一定会喜欢，于是就买了这花瓶来，因为我当时想起一个诗人的诗句道：‘世上的音乐是暂时的，画中的音乐是永久的，它永久与人以幸福。’”说罢，用清脆的声音笑了起来，并说起我原是喜欢那个短命诗人的。原来那白瓷瓶上画着两个绰约的少女，一个弄箫，一个歌舞，确是画得极好的图画呢，就仿佛从那画中人听出一支快乐的歌曲来了。

我接受了赠花人的礼物，我默默地致了我的谢意，我说：“这些都很好，我简直闻到了这通草花的清芬，而且还听到那画中人的歌曲了呢，而且这此将是永久如此的呀！”

从此以后，我就不曾再见过那赠花人，而且也永不能再见了，但愿上帝能赐福那个美丽的灵魂。

那瓶中的花究竟是真的呢，还是假的呢？那画中人的歌曲可还继续演奏着吗，还是根本就不曾发过声音呢？到得现在，就连我自己也不能清楚地解答这些问题了，而且在永久的和暂时的两个世界之间，我也不知道应当把握哪一个了。

蜜蜂先生，你该是我家的一个远门亲戚吧，你的嗅觉可还存在吗？——我听得那初出房的蜜蜂的嗡嗡声，看它在通草花蕊上用力工作，觉得无可如何。

二十五年春，济南

蛛网

雾从谷中升起了，绕着山头升起了，像许多白色的飘带，把各个山头缠绕又解开，解开又缠绕。来吧，来隔着窗纱看雾吧。

怎么的？已经不见了群山啊，远远的近近的山，生着松柏的、流着飞泉的山，都为雾所包围，雾变成了灰色的纱缦，把众山遮盖了。夜刚去，夜又来。孩子，你不是刚从梦中醒来吗，但是那些向你说过许多美丽故事的山头又在雾里做梦了。你想想看吧，这正如在你的梦里，在群山的梦里也还舞着松柏的枝柯，还开着嫣然微笑的红花，羊群还在那里摇着清脆的银铃吃草呢。你听，你听，不是说飞泉还在招呼你下山吗？那些都在睡梦中，那些都在群山的梦中了。

孩子，你为什么这么忧郁呢？你说你看见雾便觉得忧愁，不错，雾原来是忧愁的，雾原是山林的叹息！你还不知道你变成了什么样子，你的眼睛也变色了，变成了像雾一般的银灰色。不要再那么静默下去吧，不然，我怕你的雾色的眼睛里就要落下雨来，或者就要凝露了。

看啊，雾渐渐地走近了，雾已经来到我们的身边了。

雾如归巢的夜行鸟，雾沿着檐角飞来了。孩子，你可曾听见吗，雾的翅膀落在青色的瓦上，还仿佛发出一种细微的声音。雾沿着墙壁溜下来，雾像小猫，悄悄地，伸了个懒腰，就要从窗台上爬进了。你说过你是喜欢一只雾色的小猫的，你是喜欢看小猫的眼睛的，你曾经抱怨过：为什么山居不带一只小猫做伴呢？现在你可以想象一只小猫了。你看你看，雾已经由窗口爬进来，雾已经抚到我们的面上了。为什么，你却只看那檐角？

一张蛛网挂在檐角，一张蛛网在雾中摇。

孩子，告诉我，你可是在凝视那蜘蛛网？

我的眼睛已经是这样衰老啊，远山上的红衣人我看作山花，天边的江帆我看作白云，雾里的蛛网我看不清了。不错，那确是一张蛛网，因了它的摇动，因为被飞雾的翅子所吹荡而摇动着，我看出它的轮廓来了。但是，孩子，你可能告诉我，那张蛛网上可还守着一只黑色的蜘蛛？不言语，不回答，尽凝视那蛛网。那么，那蛛网的主人已是不在的了？为了山风，为了雾，那蛛网的主人已经逃走了，它躲在它的壁穴里，像我们躲在我们的窗子里，在那里看着雾的飞来，看着它的网子的飘摇，好寂寞的蜘蛛啊！

孩子，快过来吧，不要尽待在窗口了，风愈急，雾更重了。

不听话，尽看那蛛网。但是，可怜我的眼睛，我怎么不复看见那蛛网的轮廓了呢？啊啊，那蛛网不是已经垂斜了吗，那蛛网不是已经破碎了吗？它还在摇，它还在摇，它已经不复存在了啊。孩子，快过来，我看你的眼睛怎样了？

雾中

走吧，到外边去，到雾中去，到雾中去看雾吧。在山上看雾这是第一次，我们从来还不曾看过这样重的雾呢。

不要怕，递给我你的手，我领你走向雾中。

但是，奇怪呀，暗雾笼罩了一切，却罩不住我们两个。我们的周身都是“光”，我们行近的地方雾便消了。你看你看，我们向前迈一步，雾便向后退一步，我们驻足，雾便为我们退出了一个“光”的圈子。

你快乐吗，孩子，我们的周身都是“光”。

雾里的山花可还开？——你这样问我。是的，我将领你去看雾里的山花。你可以猜想那些山花是睡眠在雾中的，就如同贪睡的婴儿为夜色所催眠，但只要我们行近，当山花听到了我们的脚步声时，山花便为我们而开放了，因为我们为它带来了“光”。慢慢走，慢慢走，我们已经来到我们所熟知的地方了。你看你看，那不是红色的石竹花吗，因了雾的滋润，因了我们的“光”的照耀，红石竹花开得更鲜艳了，唉唉，我说它们开得这么好看，简直叫我感到悲哀了，雾还是这样重，看起来就如充塞在天地间的一种固体，我们一点也认不出那些峻拔的山峰的影子。然而我们向前走，慢慢地向前走，我们的“光”就随着来了，我们的面前出现了苍翠的树木，我们的脚下出现了碧绿的杂草，虽然你也可以猜想它们是睡在雾中的，然而只要我们刚刚走近，它们便醒来了，它们都载了最澄莹的雾珠，展开了叶心，在我们的“光”中含笑舞蹈着。

孩子，你觉得快乐吗？我们行近的地方雾便退开，因为我们有“光”，草木为我们而惊醒，山花为我们而开放。

而且还有流泉在雾中唱着，也许你猜想那是被雾封锁了的。

而且，远远的，还有人语声，还有鸡唱声。这些声音也许并不遥远，但为重雾所隔，便觉得那是遥远的了，而且觉得是另一种境界中了。孩子，你听了那些声音，你应当觉得平安，应当觉得熨帖吧。我呢，我无论在什么时候，什么地方，只要听到了人语声、鸡唱声，我便觉得喜悦，仿佛那便是幸福之所在，而这远远地由雾中传来的人语鸡唱，不但使我觉得不安，而且有着远古隔世之感了。

我们不必再向前走，我们就在这里停住吧，我们站在我们的“光”之内，谛听我们的世界之外的声音吧。而且，孩子，你还应当想象：在这重雾所充塞的天地之间，凡有我们同类所在的地方，每双眼睛的前面都有一个“光”的圈子，他们都在私心里说道：“我们是幸福的，我们在暗雾中得有光明。”而且就连那引吭高歌的雄鸡，就连那在雾中穿行的山鸟吧，它们都各欢喜它们所独有的“光”啊。这充塞于天地间的是暗雾吗？也许并没有雾，因为就连那苍翠的松柏，那碧绿的杂草，那开得鲜艳的红石竹花，它们也各有它们的“光”呢。

孩子，怎么的，你又在做梦吗？你看你看，雾为我们的发丝上串满了细碎的珍珠。

晴光

孩子，你醒来了，你做了什么梦呢？你可能告诉我吗？

现在，雾完全消了，一切都看得清了：四围的山，天际的江流，那边的树，那边的花草，那边，还有起始在操作着的人们，他们在砍伐那山上的树木。

时候还很早，太阳在东面的山尖上停着不动。

孩子，我们有了太阳，一切都有了太阳，太阳又赠给我们一件礼物，你看你看，在你身边：一个影。

怎么，你不喜欢你的影子吗？现在一切都有一个影子呢：我有，山有，云也有，草木也都有，你看，那石竹花的一叶一瓣都各分得一个阴影。

一切都得有一个影。

孩子，我们回去吧。

二十五年十月九日，忆山居作

山水

先生，你那些记山水的文章我都读过，我觉得那些都很好。但是我又很自然地有一个奇怪念头：我觉得我再也不愿意读你那些文字了，我疑惑那些文字都近于夸饰，而那些夸饰是会叫生长在平原上的孩子悲哀的。你为什么尽把你们的山水写得那样美好呢？难道你从来就不曾想到过：就是那些可爱的山水也自有不可爱的理由吗？我现在将以一个平原之子的心情来诉说你们的山水：在多山的地方行路不方便，崎岖坎坷，总不如平原上坦坦荡荡；往往山圈里的人很不容易望到天边，更看不见太阳从天边出现，也看不见流星向地平线下消逝，因为乱山遮住了你们的望眼；万里好景一望收，是只有生在平原上的人才有这等眼福；你们喜欢写帆，写桥，写浪花或涛声，但在我们平原人看来，却还不如秋风禾黍或古道鞍马更为好看，而大车工东，恐怕也不是你们山水乡人所可听闻。此外呢，此外似乎还应该有许多理由，然而我的笔偏不听我使唤，我不能再写出来了。唉唉，我够多么愚，我想同你开一回玩笑，不料却同自己开起玩笑来了，我原是要诉说平原人的悲哀呀，我读了你那些山水文章，我乃想起了我的故乡，我在那里消磨过十数个春秋，我不能忘记那块平原的忧愁。

我们那块平原上自然是无山无水，然而那块平原的子孙们是如何的喜欢一洼水，如何的喜欢一拳石啊。那里当然也有井泉，但必须是深及数丈之下才能用桔槔取得他们所需的清水，他们爱惜清水，就如爱惜他们的金钱。孩子们就巴不得落雨天，阴云漫漫几个雨点已使他们的灵魂得到了滋润，一旦大雨滂沱，他们当然要乐得发狂。他们在深仅没膝的池塘里游水，他们在小小水沟里放草船，他们从流水的车辙想象长江大河，又从稍稍宽大的水潦想象海洋。他们在凡有积水的地方做种种游戏，即使因而为父母所责骂，总觉得一点水对于他们的感情最温暖。有远远从水乡来卖鱼蟹的，他们就爱打听水乡的风物，有远远从山里来卖山果的，他们就爱探访山里有什么奇产。远山人为他们带来小小的光滑石卵，那简直就是获得了至宝，他们会以很高的代价，使这块石头从一个孩子的衣袋转入另一个孩子的衣袋。他们猜想那块石头的来源，他们说那是从什么山岳里采来的，曾在什么深谷中长养，为几千万年的山水所冲洗，于是变得这么滑、这么圆，又这么好看。曾经去过远方的人回来惊讶道："我见过山，我见过山，完全是石头，完全是石头。"于是听话的人在梦里画出自己的山峦。他们看见远天的奇云，便指点给孩子们说道："看啊，看啊，那像山，那像山。"孩子们便望着那变幻的云彩而出神。平原的子孙对于远方山水真有些好想象，而他们的寂寞也正如平原之无边。先生，你几时到我们那块平原上去看看呢：树木、村落、树木、村落，无边平野，尚有我们的祖先永息之荒冢累累。唉唉，平原的风从天边驰向天边，管叫你望而兴叹了。

自从我们的远祖来到这一方平原，在这里造起第一个村庄后，他们就已经领受了这份寂寞。他们在这块地面上种树木，种菜蔬，种各色花草，种一切谷类，他们用种种方法装点这块地面。多少世代向下传延，平原上种遍了树木，种遍了花草，种遍了菜蔬和五谷，也造下了许多房屋和坟墓。但是他们那份寂寞却依然如故，他们常常想到些远方的风候，或者是远古的事物，那是梦想，也就是梦忆，因为他们仿佛在前生曾看见些美好的去处。他们想，为什么这块地方这么平平呢，为什么就没有一些高低呢。他们想以人力来改造他们的天地。

你也许以为这块平原是非常广远的吧，不然，南去三百里，有一条小河，北去三百里，有一条大河，东至于海，西至于山，俱各三四百里，这便是我们这块平原的面积。这块地面实在并不算宽漠，然而住在这平原中心的我们的祖先，却觉得这天地之大等于无限。我们的祖先们住在这里，就与一个孤儿被舍弃在一个荒岛上无异。我们的祖先想用他们自己的力量来改造他们的天地，于是他们就开始一件伟大的工程。农事之余，是他们的工作时间，凡是这平原上的男儿都是工程手，他们用锨，用锹，用刀，用铲，用凡可掘土的器具，南至小河，北至大河，中间绕过我们祖先所奠定的第一个村子，他们凿成了一道大川流。我们的祖先并不曾给我们留下记载，叫我们无法计算这工程所费的岁月。但有一个不很正确的数目写在平原之子的心里：或说三十年，或说四十年，或说共过了五十度春秋。先生，从此以后，我们祖先才可以垂钓，可以泅泳，可以行木桥，可以驾小舟，可以看河上的云烟。你还必须知道，那时代我们的祖先均极勤苦，男耕耘，女蚕织；故皆得饱食暖衣，平安度日，他们还有余裕想到别些事情，有余裕使感情上知道缺乏些什么东西。他们既已有了河流，这当然还不如你文章中写的那么好看，但总算有了流水，然而我们的祖先仍是觉得不够满好，他们还需要在平地上起一座山岳。

一道活水既已流过这平原上第一个村庄之东，我们的祖先就又在村庄的西边起始第二件工程。他们用大车，用小车，用担子，用篮子，用布袋，用衣襟，用一切可以盛土的东西，运村南村北之土于村西，他们用先前开河的勤苦来工作，要掘得深，要掘得宽，要把掘出来的土都运到村庄的西面。他们又把那河水引入村南村北的新池，于是一曰南海，一曰北海，自然村西已聚起了一座十几丈的高山。然而这座山完全是土的，于是他们远去西方，采来西山之石，又到南国，移来南山之木，把一座土山装点得峰峦秀拔，嘉树成林。年长日久，山中梁木柴薪，均不可胜用，珍禽异兽，亦时来栖止，农事有暇，我们的祖先还乐得扶老提幼，携酒登临。南海北海，亦自鱼鳖繁殖，蘋藻繁多，夜观渔舟火，日听采莲歌。先生，你看我们的祖先曾过了怎样的好生活呢。

唉唉，说起来令人悲哀呢，我虽不曾像你的山水文章那样故作夸饰——因为凡属这平原的子孙谁都得承认这些事实，而且任何人也乐意提起这些光荣——然而我却是对你说了一个大谎，因为这是一页历史，简直是一个故事，这故事是永远写在平原之子的记忆里的。

我离开那平原已经有好多岁月了，我绕着那块平原转了好些圈子。时间使我这游人变老，我却相信那块平原还该是依然当初。那里仍是那么坦坦荡荡，然而也仍是那么平平无奇，依然是村落，树木，五谷，菜畦，古道行人，鞍马驰驱。你也许会问我：祖先的工程就没有一点影子，远古的山水就没有一点痕迹吗？当然有的，不然这山水的故事又怎能传到现在又怎能使后人相信呢。这使我忆起我的孩提之时，我跟随着老祖父到我们的村西——这村子就是这平原上第一个村子，我——那老祖父像在梦里似的，指点着深深埋在土里而只露出了顶尖的一块黑色岩石，说道："这就是老祖宗的山头。"又走到村南村北，见两块稍稍低下地方，又指点给我说道："这就是老祖宗的海子。"村庄东面自然也有一条比较低下的去处，当然那就是祖宗的河流。我在那块平原上生长起来，在那里过了我的幼年时代，我凭了那一块石头和几处低地，梦想着远方的高山、长水与大海。

二十五年十一月五日，济南

住在“中天门”的“泰山旅馆”里，我们每天得有方便，在“快活三里”目送来往的香客。

自“岱宗坊”至“中天门”，恰好是登绝顶的山路之一半。“斗母宫”以下尚近于平坦，久于登山的人说那一段就是平川大道。自“斗母宫”以上至“中天门”,则步步向上,逐渐陡险,尤其是“峰回路转”以上，初次登山的人就以为已经陡险到无以复加了。尤其妙处，则在于“南天门”和“绝顶”均为“中天门”的山头所遮蔽，在“中天门”下边的人往往误认“中天门”为“南天门”，于是心里想道这可好了,已经登峰造极了,及至费了很大的力气攀到“中天门”时，猛然抬头，才知道从此上去却仍有一半更陡险的盘路待登，登山人不能不仰而兴叹了。然而紧接着就是“快活三里”，于是登山人就说这是神的意思，不能不坐下来休息着，且向神明致最诚的敬意。

由“中天门”北折而下行，曰“倒

三盘”，以下就是二三里的平路。那条山路不但很平，而且完全不见什么石块在脚下磕磕绊绊，使上山人有难言的轻快之感。且随处是小桥流水，破屋丛花，鸡鸣犬吠，人语相闻，山家妇女多做着针线在松柏树下打坐，孩子们常赤着结实的身子在草丛里睡眠，这哪里是登山呢，简直是回到自己的村落中了。虽然这里也有几家卖酒食的，然而那只是做另一些有钱人的买卖，至于乡下香客，他们的办法却更饶有佳趣。他们三个一帮，五个一团，他们用一只大柳条篮子携着他们的盛宴：有白酒，有茶叶，有煎饼，有咸菜，有已经劈得很细的干木柴，一把红铜的烧心壶，而“快活三里”又为他们备一个“快活泉”。这泉子就在“快活三里”的中间，在几树松柏荫下，由一处石崖下流出，注入一个小小的石潭，水极清冽，味亦颇甘，周有磐石，恰好做了他们的几筵。黎明出发，到此正是早饭时辰，于是他们就在这儿用过早饭，休息掉一身辛苦，收拾柳篮，呼喝着重望“南天门”攀登而上了。我们呢，我们则乐得看这些乡下人朴实的面孔，听他们以土音说乡下事情，讲山中故事，更羡慕从他们柳篮内送出来的好酒香。自然，我们还得看山，看山岭把我们绕了一周，好像把我们放在盆底，而头上又有青翠的天空做盖。看东面山崖上的流泉，听哗哗泉声，看北面绝顶上的人影，又有白云从山后飞过，叫我们疑心山雨欲来。更看西面的一道深谷，看银雾从谷中升起，又把诸山缠绕。我们是为看山而来的，我们看山然而我们却忘记了是在看山。

等到下午两三点钟左右，是香客们下山的时候了。他们已把他们的心事告诉给神明，他们已把一年来的罪过在神前取得了宽恕，于是他们像修完了一桩胜业，他们的脸上带着微笑，他们的心里更非常轻松。而他们的身上也是轻松的，柳篮里空了，酒瓶里也空了，他们把应用的东西都打发在山顶上，把余下的煎饼屑和临出发时带在身上的小洋、棉花线、小铜元和青色的制钱，也都施舍给了残废的讨乞人。他们从山上带下平安与快乐在他们心里，他们又带来许多好看的百合花在空着的篮里，在头巾里，在用山草结成的包裹里。我们不明白这些百合花是从哪里得来的，而且那么多，叫我们觉得非常稀奇。

我们猜想那些百合花是从山上采来的，因为就在“快活三里”附近的山崖上，也有许多黄色的金簪花和红色的石竹花，这颇引起我攀崖摘花的心思来了。我们去“扇子崖”时采来的“紫玉铃”和“银挂钟”已经枯萎，我应当去摘些鲜花来插在瓶里代替。

昭喜欢到山泉里洗衣服，这是很好玩的一件事情。我趁她在那里洗着衣服，偷偷爬上了东面的山崖。那山崖有两三丈高，下面看起来非常陡险，慢慢爬起来倒也容易。我悄悄地攀登，等到我已经达到崖顶时，我才用力地招呼一声：“昭，上来啦！”她湿着两只手无可如何，只跺着两脚惊喊道，“险哪险哪，看把你摔死啊！”我到底不曾摔死，采了满把的红花和黄花，回到“泰山旅馆”去了。

我们前后在这里住过十余日，一共接纳了两个小朋友，一名刘兴，一名高立山。我几时遇到高立山总是同他开一次玩笑："高立山，你本来就姓高，你立在山上就更高了。”我这样喊着，我们大家一齐笑。

昭在屋里写不必投递的信，我到露台上去看雾。雾已罩遍了四面诸山，我的面前也是雾了。

忽然听到两声尖锐的招呼，闻声不见人，使我觉得更好玩。原来那呼声是来自雾中，不过十分钟就看见我那两个小朋友从雾中走来了：刘兴和高立山。高立山这名字使我喜欢。我爱设想，远游人孑然一身。笔立泰山绝顶被天风吹着，图画好看，而画中人却另有一番怆恨。刘兴那孩子使我想起我的弟弟，不但相貌相似，精神也相似，是一个朴实敦厚的孩子。我不见我的弟弟已经很久了，唉，想起来令我悲哀，小小年纪就做一个辛苦农夫，穿破衣，吃粗饭，把孩子的好梦向平原的沙土里埋。我简直想吻抱面前的刘兴，然而那孩子看见我总是有些畏缩，使我无可如何。

“呀！独个儿在这里不害怕吗？”

我正想同他们打招呼，他们已同声这样喊了。

我很懂得他们这点惊讶。他们总以为我是城市人，而且来自远方，不懂得山里的事情，在这样大雾天里孑然独立，他们乃替我担心了。说是担心倒也很亲切，而其中却也有些玩笑我的意味吧，这个乃更使我觉得好玩。我在他们面前时常显得很傻，老是问东问西，我向他们打听山花的名字，向他们访问四叶参或何首乌是什么样子，生在什么地方，问石头，问泉水，问风候云雨，问故事传说。他们都能给我一些有趣的回答。于是他们非常骄傲，他们又笑话我少见多怪。

“害怕？有什么可怕呢？”我接着问。

“怕山鬼，怕毒蛇。——怕雾染了你的眼睛，怕雾湿了你的头发。”

他们一齐都哈哈大笑了。笑一阵，又告诉我山鬼和毒蛇的事情。他们说山上深草中藏伏毒蛇，此山毒蛇也并不怎么长大，颜色也并不怎么凶恶，只仿佛是石头颜色，然而它们却极其可怕，因为它们最喜欢追逐行人，而它们又爬得非常迅速，简直如同在草上飞驰，人可以听到沙沙的声音。有人不幸被毒蛇缠住，它至死也不会放松，除非你立刻用镰刀把它割裂，而为毒蛇所啮破的伤痕是永难痊好的，那伤痕将继续糜烂，以至把人烂死为止。这类事情时常为割草人或牧羊人所遭遇。

“毒蛇既到处皆是，为什么我还不曾见过？”

“你不曾见过，不错，你当然不会见到，因为山里的毒蛇白天是不出来的，你早晨起来不看见草叶上的白沫吗？”说这话的是刘兴。

这件证明颇使我信服，因为我曾见过绿草上许多白沫，我还以为那是牛羊反刍所流的口涎呢。而且尤以一种叶似竹叶的小草上最常见到白沫，我又曾经误认那就是薇一类植物，于是很自然地想起饿死首阳山的两个古人。

高立山却以为刘兴的说明尚不足奇，他乃以惊讶的声色告诉道：

“青天白日固然不出来，像这样大雾天却很容易碰见毒蛇。”

刘兴又仿佛害怕的样子加说道：“不光毒蛇呀，就连山鬼也常常在大雾天出现呢。”

他们说山鬼的样子总看不清，大概就像团团的一个人影儿。山鬼的居处是巉岩之下的深洞里。那些地方当然很少有人敢去尤其当夜晚或者雾天。原来山鬼也同毒蛇一样，有时候误认雾为黑夜。打柴的，采药的，有时碰见山鬼，十个有八个就不能逃生，因为山鬼也像水鬼一样，喜欢换替死鬼，遇见生人便推下巉岩或拉入石窟。他们又说常听见山鬼的哭声和呼号声，那声音就好像雾里刮大风。

“你不信吗？”高立山很严肃地想说服我，“我告诉你，哑巴的爹爹和哥哥都是碰到了山鬼，摔死在后山的山涧里。”

他们的声音变得很低，脸色也有些沉郁，他们又向远方的浓雾中送一个眼色，仿佛那看不见的地方就有山鬼。

这话颇引起我的好奇，我乃打听那个哑子是什么人物。他们说那哑巴就住在上边“升仙坊”一旁的小庙里，他遇见任何人总爱比手画脚地说他的哑巴话。于是我乃急忙说道：“我知道，我知道，我见过他，我见过他。”这回忆使我喜悦，也使我怅惘。一日之晨，我同昭欲攀登山之绝顶，爬到“升仙坊”时正看到许多人停下来休息，而那也正是应当休息的地方，因为从此以上，便是最难走的“紧十八盘”了。我们坐下来以后，才知道那些登山人并非只为了休息，同时他们是正在听一个哑子讲话。一个高大结实的汉子，山之子，正站在“升仙坊”前面峭壁的顶上，以洪朗的声音，以只有他自己能了解的语言，说着一个别人所不能懂的故事，虽然他用了种种动作来作为说明，然而却依然没有人能够懂他。我当然也不懂他，然而我却懂得了另一个故事：泰山的精灵在宣说泰山的伟大，正如石头不能说话，我们却自以为懂得石头的灵心。只要一想起“升仙坊”那个地方，便是一幅绝好的图画了：向上去是“南天门”，“南天门”之上自然是青天一碧，两旁壁立千仞，松柏森森，中间夹一线登天的玉梯，再向下看呢，浮云连海岱，平野入青徐，俯视一气，天下就在眼底了，而我们的山之子就笔立在这儿，今天我才知道他是永远住在这里了。我乃急忙止住两个孩子而自己鼓舞道：“你且慢讲，你且慢讲，我告诉你，我告诉你。”但是我将告诉他们什么呢？我将说那个哑巴在山上说一大篇话却没有人懂他，他好不寂寞呀，他站在峭岩上好不壮观啊，风之晨，雨之夕，“升仙坊”的小庙将是怎样的飘摇呢？至若星月在天，举手可摘，谷风不动，露凝天阶，山之子该有怎样的一山沉默呀。然而我却不能不怀一个闷葫芦，到底那哑巴是说了些什么呢？“高立山，告诉我，他到底是说了些什么呢？”我不能不这样问了。

“说些什么，反正是那一套啦，说他爸爸是因为到山涧采山花摔死的，他的哥哥也一样地摔死在山涧里了。”高立山翻着白眼说。

“就是啦，他们就是被山鬼讨了替代啊，为了采山花。”刘兴又提醒我。

山花？什么山花？两个孩子告诉我：百合花。

两个小孩子就继续告诉我哑巴的故事。泰山后面有一个古涸涧，两面是峭壁，中间是深谷，而在那峭壁上就生满了百合花。自然，那个地方是很少有人攀登的，然而那些自生的红百合实在好看。百合花生得那么繁盛，花开得那么鲜艳，那就是一个百合涧。哑巴的爸爸是一个顶结实勇敢的山汉，他最先发现这个百合涧，他攀到百合涧来采取百合，卖给从乡下来的香客。这是一件非常艰险的工作，攀着乱石，拉着荆棘，悬在陡崖上掘一株百合必须费很大工夫，因此一株百合也卖得一个好价钱。这事情渐渐成为风尚，凡进香人都乐意带百合花下山，于是哑巴的哥哥也随着爸爸做这件事业。然而父子两个都遭了同样的命运：爸爸四十岁时在一个浓雾天里坠入百合涧，做哥哥的到三十岁上又为一阵山风吹下了悬崖。从此这采百合的事业更不敢为别人所尝试，然而我们的山之子，这个哑巴，却已到了可以承继父业的成年，两条人命取得一种特权，如今又轮到了哑巴来霸占这百合涧。他也是勇敢而大胆，他也不曾忘记爸爸和哥哥的殉难，然而就正为了爸爸和哥哥的命运，他不得不拾起这以生命为孤注的生涯。他住在“升仙坊”的小庙里，趁香客最多时他去采取百合，他用这方法来奉养他的老母、他的寡嫂，并养活他的老婆和小孩。

我很感激两个小孩子告诉我这些故事。刘兴那孩子说完后还显得有些忧郁，那种木讷的样子就更像我的弟弟。雾渐渐收起，却又吹来了山风，我们都觉得有些冷意，我说了“再见”向他们告辞。怪不得昭不曾出来干涉我在外面看雾，因为她又关起窗子去做好梦。昭醒来时我告诉她百合花的来历，她忽然跳起来叫道：“这是真的？有机会要认识那个哑巴，并同他谈谈哑巴话。”

天气渐渐冷起来了。山下人还可以穿单衣，住在山上就非有棉衣不行了。又加上多雨多雾，使精神上感到极不舒服。因为我们不曾携带御寒的衣服，就连“快活三里”也不常去了。选一个比较晴朗的日子，我们决定下山。早晨起来就打好了行李，早饭之后就来了轿子。两个抬轿子的并非别人，乃是刘兴的爸爸和高立山的爸爸，这使我们觉得格外放心。跟在轿子后面的是刘兴和高立山，他们是特来给我们送行的。唉唉，人为什么总不免到处牵挂呢？此刻的我简直是在惜别了，我不愿离开这个地方，我不愿离开两个小朋友，尤其是刘兴——我的弟弟。他们的沉默我很懂得，他们也知道，此刻一别就很难有机会相遇了。而且，唉，真巧，为什么一切事情安排得这样巧呢？我们的行李已经搬到轿子上了，我们就要走了，忽然两个孩子招呼道："哑巴，哑巴，哑巴来了！"

不错，正是那个哑巴，我们在"升仙坊"见过他。他已经穿上了小棉袄，他手上携一个大柳筐。我特为看看他的筐里是什么东西，很简单：一把挖土的大铲子，一把刀，一把大剪子。我同昭都沉默着，哑巴却同别人打开了招呼。两个孩子哑哑地学他说话，旅馆中人大声问他是否下山，他不但哑，而且也聋，同他说话就非大声不行。于是他就也大声哑哑地回答着，并指点着，指点着下山。指点着他的棉袄，又指点着他的筐子，又指点着南天门。我们明白他昨天曾下山去，今天早晨刚上来。我同昭都想从这个人身上有所发现，但也不知道要发现些什么。在一阵喧嚷声中，我们的轿子已经抬起来了。两个小朋友送了我们颇长的一段路，等听不见他俩的话声时，我还同他们招手，摇帽子，而我的耳朵里却还仿佛听见那个哑巴的咿咿呀呀。

二十五年十一月十八日，济南

不怕老祖父的竹戒尺，也还是最喜欢跟着母亲到外祖家去，这原因是为了去听琴。

外祖父是一个花白胡须的老头子，在他的书房里也有一张横琴，然而我并不喜欢这个。外祖父常像瞌睡似的俯在那横琴上，慢慢地拨弄那些琴弦，发出如苍蝇的营营声，苍蝇是多么腻人的东西，毫无精神，叫我听了只是心烦，那简直就如同老祖父硬逼我念古书一般。我与其听这营营声，还不如到外边的篱笆上听一支枯叶的歌子更好些。那是在无意中被我发现的。一日我从篱下过，一种奇怪的声音招呼我，那仿佛是一只蚂蚱的振羽声，又好像一只小鸟的剥啄，然而这是冬天，没有蚂蚱，也不见啄木鸟，虽然在想象中我已经看见驾着绿鞍的小虫，和穿着红裙的没尾巴小鸟。那声音又似在故意逗我，一会唱唱，一会又歇歇。我费了不少时间终于寻到那个发声的机关：是篱笆上一支枯叶，在风中战动，与枯枝磨擦而发出好听的声响。我喜欢极了，我很想告诉外祖父："放下你的，来听我的吧。"但因为要偷偷藏住这点快乐，终于也不曾告诉别人。

然而我所最喜欢的还不在此。我还是喜欢听琴——听那张长大无比的琴。

那时候我当然还没有一点地理知识。但又不知是从什么人那里听说过：黄河是从西天边一座深山中流来，黄荡荡如来自天上，一直泻入东边的大海，而中间呢，中间就恰好从外祖家的屋后流过。这是天地间一大奇迹，这奇迹，常常使我用心思索。黄河有多长，河堤也有多长，而外祖家的房舍就紧靠着堤身。这一带居民均占有这种便宜，不但在官地上建造房屋，而且以河堤作为后墙，故从前面看去，俨然如一排土楼，从后面看去，则只能看见一排茅檐，堤前堤后，均有极其整齐的官柳，冬夏四季，都非常好看。而这道河堤，这道从西天边伸到东天边的河堤，便是我最喜欢的一张长琴：堤身即琴身，堤上的电杆就是琴柱，电杆木上的电线就是琴弦了。

最乐意到外祖家去。而且乐意到外祖家夜宿，就是为了听这长琴的演奏。

只要是有风的日子，就可以听到这长琴的嗡嗡声。那声音颇难比拟，人们说那像老头子哼哼，我心里却甚难佩服。尤其当深夜时候，尤其是在冬天的夜里，睡在外祖母的床上，听着墙外的琴声简直不能入睡。冬夜的黑暗是容易使人想到许多神怪事物的，而在一个小孩子的心里却更容易遐想，这嗡嗡的琴声就作了我遐想的序曲。我从那黄河发源地的深山，沿着琴弦，想到那黄河所倾注的大海。我猜想那山是青色的，山里有奇花异草，有珍禽怪兽。我猜想那海水是绿色的，海上满是小小白帆，水中满是翠藻银鳞，而我自己呢，仿佛觉得自己很轻、很轻，我就沿着那条琴弦飞行，我看见那条琴弦在月光中发着银光，我可以看到它的两端，却又觉得那琴弦长到无限。我渐渐有些晕眩，在晕眩中我用一个小小铁锤敲打那条琴弦，于是那琴弦就发出嗡嗡的声响。这嗡嗡的琴声就直接传到我的耳朵里，我仿佛飞行了很远很远，最后才发觉自己仍是躺在温暖的被里。我的想象又很自然地转到外祖父身上，我又想起外祖父的横琴，想起那横琴的腻人的营营声。这声音和河堤的长琴混合起来，我乃觉得非常麻烦，仿佛眼前有无数条乱丝搅动在一起。我的思想愈思愈乱，我看见外祖父也变了原来的样子，他变成一个雪白须眉的老人，连衣服也是白的，为月光所洗，浑身上下颤动着银色的波纹。我知道这已不复是外祖父，乃是一个神仙，一个妖怪，他每天夜里在河堤上敲打琴弦。我极力想把那老人的影像同外祖父分开，然而不可能，他们老是纠缠在一起。我感到恐怖。我的恐怖却又诱惑我到月夜中去，假如趁这时候一个人跑到月夜的河堤上该是怎样呢？恐怖是美丽的，然而到底还是恐怖。最后连我自己也分裂为二，我的灵魂在月光下的河堤上伫立，感到寒战，而我的身子却越发地向被下畏缩，直到蒙头裹脑睡去为止。

在这样的夜里，我会做出许多怪梦，可惜这些梦也都同过去的许多事实一样，都被我忘在模糊中了。

来到外祖家，我总爱一个人跑到河堤上，尤其每次刚刚来到的次日早晨，不管天气多么冷，也不管河堤上的北风多么凛冽，我总愿偷偷地跑到堤上，紧紧抱住电杆木，把耳朵靠在电杆上，听那最清楚的嗡嗡声。有时还故意地用力踢那电杆木，使那嗡嗡声发出一种节奏，心里觉得特别喜欢。

然而北风的寒冷总是难当的，我的手，我的脚，我的耳朵，起初是疼痛，最后是麻木，回到家里才知道已经成了冻疮，尤以脚趾肿痛得最厉害。因此，我有一整个冬季不能到外祖家去，而且也不能出门，闷在家里，我真是寂寞极了。

“为了不能到外祖家去听琴，便这样忧愁的吗？”老祖母见我郁郁不快的神色，这样子慰问我。不经慰问倒还是无事，这最知心的慰问才更唤起我的悲哀。

祖母的慈心总是值得感激的，时至现在，则可以说是值得纪念的了，因为她已完结了她那最平凡的，也可以说是最悲剧的一生，升到天国去了。在当时，她曾以种种方法使我快乐，虽然她所用的方法不一定能使我快乐。

她给我说故事，给我唱谣曲，给我说黄河水灾的可怕，说老祖宗兜土为山的传说，并用竹枝草叶为我做种种玩具。亏她想得出：她又把一个小瓶悬在风中叫我听琴。

那是怎样的一个小瓶啊，那个小瓶可还存在吗？提起来倒是非常怀念了。那瓶的大小如苹果，浑圆如苹果，只是多出一个很小很厚的瓶嘴儿。颜色是纯白，材料很粗糙，并没有什么光亮的瓷釉。那种质朴老实样子，叫人疑心它是一件古物，而那东西也确实在我家传递了许多世代。老祖母从一个旧壁橱中找出这小瓶时，小心地拂拭着瓶上的尘土，以严肃的微笑告诉道："别看这小瓶不好，这却是祖上的传家宝呢。我们的老祖宗可——是也不记得是哪一位了，但愿他在天上做神仙——他是一个好心肠的医生，他用他的通神的医道救活过许多垂危的人。他曾用许多小瓶珍藏一些灵药，而这个小白瓶儿就是被传留下来的一个。"一边说着，一边又显出非常惋惜的神气。我听了老祖母的话也默然无语，因为我也同样地觉得很可惋惜。我想象当年一定有无数这样大小瓶儿，同样大，同样圆，同样是白色，同样是好看，可是现在就只剩着这么一个了。那些可爱的小瓶儿都分散到哪里去了呢？而且还有那些灵药，还有老祖宗的好医术呢？我简直觉得可哀了。

那时候老祖母有多大年纪，也不甚清楚，但总是五十多岁的人吧，虽然头发已经苍白，身体却还相当的康健，她不惮烦劳地为我做着种种事情。

把小白瓶拂拭洁净之后，她乃笑着对我说道："你看，你看，这样吹，这样吹。"同时说着把瓶口对准自己的口唇把小瓶吹出呜呜的鸣声。我喜欢极了，当然她是更喜欢。她教我学吹，我居然也吹得响。于是她又说："这还不算为奇，我要把它系在高杆上，北风一吹，它也会呜呜地响。这就和你在河堤上听琴是一样的了。"

她继续忙着。她向几个针线筐里乱翻，她是要找寻一条结实的麻线。她把麻线系住瓶口，又自己搬一把高大的椅子，放在一根晒衣服的高竿下面。唉，这些事情我记得多么清楚啊，她在椅子上摇摇晃晃的样子，现在叫我想起来才觉得心惊，而且那又是在冷风之中。她摇摇晃晃地立在椅子上，伸直了身子，举起了双手，把小白瓶向那晒衣竿上系紧。她把那麻绳缠一匝又一匝，结一个疙瘩又一个疙瘩，唯恐那小瓶被风吹落，摔碎了祖宗的宝贝。她笑着，我也笑着，却都不曾言语。我们只等把小瓶系牢之后立刻就听它发出呜呜响声。老祖母把一条长麻线完全结在上边了，她摇摇晃晃地从椅子上下来，我看出她的疲乏，我听出她的喘哮来了，然而，然而那个小瓶，牢牢地系在风中，却没有一点声息。

我同老祖母都仰着脸望那风中的瓶儿，两人心中均觉得黯然，然而老祖母却还在安慰我："好孩子，不必发愁，今天风太小，几时刮大风，一定可以听到呜呜响了。”

以后过了许多日子，也刮过好多次老北风，然而那小白瓶还是一点不动，不发一点声息。

现在我每逢走过电杆木，听见电杆木发出嗡嗡声时，就很自然地想起这些。现在外祖家已经衰落不堪，只剩下孤儿寡妇，一个舅母和一个表弟，在赤贫中过困苦日子，我的老祖父和祖母也都去世多年了。

二十五年十二月九日，济南

谢落

朱老太太常嚷着要回家去。

“回家去！”哪里是她的家呢？这在她的儿子们听起来是颇不愉快的，只有她的大儿子是例外，因为他根本就听不到这三个字。

实在说来，她现在已经是一个无家可归的老怪物了。她已经活过了她的九十岁，她曾经以六十年的辛苦来创造一个家庭，来维系一个家庭，并使一个家庭能日向繁荣，而结果是使她的儿子们都能分得一份丰裕的家私。然而她自己呢，她自己却没有一个家了。半年以前，她还可以算是一个家庭的中心，或者说是一个家庭的主人，就如一个村子里有一座神庙，虽然那庙里的偶像并不能管理任何人事，然而全村的人民还得应时供奉，并且做起事来还得尊重神的意思。但是现在呢，据外人的说法：以为她现在也还是一位神佛，这家请她，那家请她，她再不必劳心管任何事情，而在她自己想起来，她自己却变作了一盘“厌恶点心”，这家端来，那家端去，端来端去，处处讨人厌恶。不过在她各个儿子家里，她却也有所选择：二儿子家里有三个孙孙，两个孙女，而二儿子自己又是一个极端自私的人，他只顾得痛爱儿女，却忘记了孝敬母亲，朱老太太是早已料到这种情形的。三儿子性情十分暴躁，又命里注定娶一个泼悍的媳妇，在这样的儿媳面前，朱老太太自然受不到什么好的待承。四儿子最年轻，并且曾经受过朱老太太的溺爱娇养，然而他放荡成性，终日长在赌博场里，茶酒馆里，他没有一点余裕的精神分派到他的母亲身上。只有大儿子——这曾经是朱老太太最不喜爱的一个儿子，因为他最先把持了一家的财产权，也就是代替她做了一家的中心的，虽然做母亲的也认为这是应当的事，然而私心眼里也难免有些丧失权柄的悲哀。——然而现在却只有这一个儿子，还能赢得朱老太太的欢心，她说她的大儿子家两口儿倒还有人心眼儿，能知道她的寒暖，也知道她的口味，她说她在她大儿子家里永不曾听到过尖酸刻薄的话儿，也听不到敲桌子摔板凳的声音，而这些，都是在其他三个儿子家所万难办到的。在她的四个儿子分家之后，她轮流着在四个儿子家转来转去，她可以说是有四个家，而事实上她也可以说是没有家了。原定的规矩，是每个儿子供养她十天，然而有时候等不到十天她就走开，因为她在一个地方已经住厌烦了，在她心里说，就是受人家的虐待已经够了，便喊着：“我要走了，我要回家去了。”

这所谓家，就是她大儿子的家，因为她喜欢她的大儿子，她觉得她大儿子的家还可以算是她的家，而且她大儿子家所住的房子还是她自从做新媳妇时住下来的房子，那里有她一生的事业，也就有她一生的欢乐与悲哀。所以每次轮到大儿子家里，她就自然而然地多住几日，若在其他三个儿子家里，大概不到十天就要走开了。

凡做父母的，总不乐意看见自己的儿子们有分崩离析的一天吧，做父亲的将近中年就去世了，做母亲的受了一世辛苦，到头来却落得个无家可归。这实在是朱老太太所万难料到的。这在一般世人论起来，总说这都是命里注定，然而朱老太太是顶不佩服命运的。她不同其他女人一样，她不吃斋，也不念佛，她在一切事情上绝少求助于天地神灵，而唯凭她自己的力量，她是最信赖她自己的良心和天性的一个女人。她还愿意大睁着两只老眼看完一切，看完她自己扮演的这一出好戏，直等她的生命完结为止，她也愿意把她的儿子们所演的各种角色看到最后。然而命运偏偏要同她作对，命运把她烛照一切的两盏明灯给吹灭了，她眼前的世界完全给闭了幕，却只给她留下了无边的黑暗。她不能再监视什么了，她的儿子们也不再观察她脸上的阴晴而有所顾忌了，他们拆散开来，各不相干，仿佛原先他们也并非一家。

朱老太太永不能忘记那一个奇怪的日子，她的儿子们也不会忘记，她的邻人们也不会忘记，而且这已是邻人们的闲话资料了。

是一个晴朗的日子，午后三点钟左右，太阳正豁朗地照着朱老太太的房间。朱老太太正趺坐在她的床沿上，闭了眼睛，仿佛在那里温习她的古老的记忆。她的小孙孙们还正在她的面前嬉闹着，做着种种游戏。他们的嬉笑声是几乎完全传不到她的耳里的，因为她的听觉是早就失去作用了。这几年来她是完全凭了她的尚不甚衰的视觉来督察一切的，她自幸她还有这么一双眼睛。然而奇怪，这天下午她觉得有些异样了。她觉得这一日的时间进行得太快，午饭之后，不久就来到了黄昏，而且立刻就变成了暗夜，简直可以说完全是忽然地，夜色忽然把她包围了起来，她用手向各处摸索，她的手触到种种东西，然而她看不见它们，她只能凭着她的记忆——这可以说是最新鲜的记忆了——来断定她所触到的是什么东西。她感到疑惑，又感到恐惧，仿佛是在梦中遭到了仇人的暗害一样。她立刻就想到“死”，想到坟墓，想到关于死后的一切，这是她常常想到的，却也是她最不甘心的。她虽然已经活过这大年纪了，她却还不愿意这么早就死去。她觉得“死”这一个字对于她就是一种顶无情的嘲弄，平常日子，只要偶尔听到别人提起一个“死”字，无论是说的任何不相干的人的死，甚至草木的或虫鱼的死时，她就疑心那是有人在诅咒她死了。这时候她一定非常恼怒，她甚至为表示反抗起见，硬着狠心不再吃饭，意思是说“我死给你们看”，虽然她心里还在说“我偏不死”。但这一次的奇异变化却比较一切诅咒更为可怕，比一场急性的疾病之来临还更使她痛苦。她就这次变化的真实性反复地仔细思忖着，等她明白了她从今以后再不能看见什么东西时，她痛苦地叫道：“天啊，我这算完了！”她慌乱一阵，又沉默一阵，沉默一阵，复又慌乱起来。最后，她才竭力地镇静着喊道：

“唉，你们都在哪儿？你们为什么都不理我？天已经完全黑下来了，为什么还不送晚饭来？我已经饿得难耐了。”

太阳还正在西边的树梢上照耀着，她却喊着天已晚了，吃过午饭之后还不过两点多钟，她却又喊着要晚饭。在她面前游戏着的孩子们还不懂得这个老奶奶是遇到了什么奇怪事情，但只看了她那种失常的样子，就都吓得跑出去了。代替了孩子们而跑进来的，是朱老太太的儿子和媳妇。他们也不知道这屋里发生了什么事情，只是被几个孩子的惊慌所招集了来的。他们来到之后都觉得奇怪，奇怪的是这屋里并不曾发生什么变故。这时候就有人把嘴靠在朱老太太的耳畔问道：

“母亲，你曾经呼唤过我们吗？你需要什么东西吗？”

于是朱老太太以疑惑而恼怒的态度答道：

“问我要什么东西？我要什么呀？你看天色这么晚了。为什么还不开晚饭来？不是已经入夜的样子了吗？”

说完之后，又显出极其烦躁的样子。

他们听了朱老太太的话，都觉得有些要笑出来的意思，他们同时都仰起头来看外面的太阳，然后又面面相觑。他们都暗暗想道：她大概是老得糊涂了，老年人是常常说些糊涂话的，如小孩们的爱说谎话一样，他们以为他们的母亲是睁着眼睛说糊涂话了。他们又想：这个老年人实在已经老到极限了，于是也联想到一个老年人所应有的将要来到的终结。他们都不愿意给她的糊涂话下一番订正，也就是说他们不肯说出辩驳的话来，因为他们知道辩驳是无益的，而且有时可以惹起老年人的恼怒。他们之中就又有人凑到她的面前说道：

“是的，母亲，天已经晚了，一会的工夫就开出晚饭来。”

又有人更为体贴地说道：

“母亲，你大概是渴了，就先给你送一杯茶来吧。”

当有人把茶端来之后，他们才起始明白确实是有什么变故发生在这位老人身上。他们把茶杯放在她面前的茶几上，她却不能自己伸手去取，她依然向人问道：“茶呢？茶呢？”当他们把茶杯放在她手上时，她又不能很正确地把茶杯接受，于是奉茶人必须把茶杯很切实地放在她的掌握里。当她饮过一两口之后，她要把茶杯放回茶几上，这才更证明她所遭遇到的不幸：她先用另一只手向茶几上小心摸索，然后才把茶杯送出，如不是有人赶快把茶杯接过，那只茶杯恐不易放得牢稳，最少也要把茶水倾泼。他们这才恍然大悟，他们知道“时光”把这个老年人的“光明”给带走了。

“母亲，你觉得你的眼睛怎么样？”

“我的眼睛？”她猛然地回答，“我的眼睛好好的呀，你们为什么问我的眼睛呢？”

他们用一只手在她面前不断地摇晃，她的眼睛并没有什么反应，那分明是什么也看不见的。他们既已经明白了，也就觉得放了心，同时他们的心里也难免有忧郁的来袭。他们愿意遵从这个老人的意思，愿意使这个老人安静，于是不久便送了晚饭来。老年人摸索着把晚饭用完之后，他们又劝慰她请她早睡。她睡下之后，他们才迎着夕阳的斜照退出了朱老太太的房间。

到得次日早晨，太阳又豁朗地从东天上照来。有人照料着朱老太太在摸索中梳洗过并用过早饭之后，她的儿子们就又来试探那两只失明的眼睛，有人又紧凑在她的耳畔问道：

“母亲，现在是早晨八点半，而且天气是很晴朗的，太阳高高地照着。”

他们很自然地觉得有把天气和时间说明之必要，于是这样说明之后才继续问道：

“母亲，你觉得你的眼睛怎么样呢？你看得见什么吗？”

出乎他们意料之外的，老太太的答案是：

“是的，我的眼睛很好，我什么都看得见。”

为了故意证明她能看见目前的一切起见，她还说出了许多眼前的事物，她说某个人不是坐着的吗，某人不是立着的吗，而且某人的脸上为什么有不高兴的颜色，她还说据她看墙上挂的画幅是要坠裂下来了，而衣橱的门为什么就不曾有人替她关好？当然，她所说的并不是没有错误。

这时候他们才更觉得莫可如何。最初他们认为她是说糊涂话的，像其他一些老年人一样本无什么惊异，嗣后才知道她并不糊涂，实在是因为失明的缘故才说白昼是黑夜，然而既已证明她是失明了，她却绝不承认，她还说她看得见一切。他们就断定她是既失明而又糊涂的了。虽然他们的断定也许只是对了一半。

朱老太太的日子就这样继续下去。她在盲目中却不承认自己过的是盲目生活。她又常常把她眼前所“见”的事物逐一向人告诉。日子愈久，她也就愈变得离奇起来。有时她说她隔着窗子可以看见大街上有人骑驴走过，而且她还能说出那个人的名字，以及那个人的衣冠。有时她甚至说她能看见野外，说某个地方有大车经过，说某个地方有溪水流行，或某处道旁有野花开谢。她能看见别人所能看见的一切，而别人所看不见的她也能看见。她周围的人们也就只得承认她所说的话，并答应她，说她的眼睛是很好的，她看过的事物都是很正确的，他们也都看得见。然而可怜——她能看见远处的事物，她却不能看见她家中每座屋顶下的事物，她看见她梦中人物的动作，她却看不见现实中人物的动作，她更看不见他们的心意。自从朱老太太失明，一直在一段颇称不短的日月中，她的儿子们，她的儿媳们，却正在那里起着一种自然的变化。仿佛这位朱老太太——这个维系着一家人心的母亲——她的“光明”失去之后，便没有方法可以再烛照这家庭中的黑暗角落，那些角落里的黑暗便逐渐扩大起来，以致笼罩了整个的家庭，这个家庭中的分子便都逐渐游离，而且均被一种颇强的离心力所牵引，结果就是分家度日，各不相顾。假如这时候朱老太太就与世长辞，也许倒还好些吧，然而她还活下去，她过着定期迁徙的日子，她由四个家庭轮流供养，轮来轮去，像一个按班值日的老奴婢。

她成了一个没有家的老可怜虫，“我要回家去了。”人便知道她是要回到她的大儿子家去。只有在那里她还有“家”的感觉，而且可以使她重温旧日的好梦，她一生的事业还可以在那个家中反映余光，隔过十天工夫，她便被人扶着，或被人牵着，从这一个儿子的家，走向另一个儿子的家，就像算命的老巫婆，被人家牵来牵去一样。她虽然始终说她能够看见一切，她能够看见她应走的道路，看见道路上的车马人物，然而她还是必须有人牵着，或有人扶着，不然，她大概早已被碰死或摔死在道路上了。

朱老太太在这种情形中继续生活下去，一切都好像变作当然的了。她对于她这份生活，是感觉痛苦的吗，还是习以为常而毫无所觉的呢？这没有人能说，也没有人肯说。朱老太太自己是并不说什么的，她的儿子们也不说，她的邻人们也不说，虽然朱老太太自己的心理是逐渐变化着。到得朱老太太将近离开这个世界时，她变得更奇怪起来了，她爱笑，也时常无端地发笑。她的笑声很枯燥，没有表情，仿佛是一架破损的机器，因不自然的磨擦而发出的声音。人们听了这种笑声都感到不快，又仿佛觉得这是一种不祥的警告。人们都不懂得朱老太太发笑的道理。笑是用以表示快乐的，平常人用眼泪来表示痛苦。然而当人们最快乐的时候也会流下泪来，那么朱老太太的发笑也许正与快乐的落泪是一样的道理吧。人家只当她是老了，老得太老了，所以才有这种反常的事情。是的，她是太老了，她已经老得透熟透熟的了，人们听了她的干笑，就会立刻忘记那是一种声音，而会即时在眼前浮出一种很清楚的意象：那是一棵古老的花树，并且还可以指明那是一棵梨树，那梨树开了满树的白花，开到春尽，好像也并不必经风经雨，一树梨花便自己接连不断地落下来了，当朱老太太呼她的最后一口气时，她还在笑着，那就是一树梨花的最后一瓣。

宝光

在满天星斗的夜里，老牧人向小孙孙讲起了宝光的故事。

“看啊，孩子，”老人用烟袋指着远山说，“就在那边，在金银峪的深处，埋藏着无数的宝贝。”

小孩子仿佛已经入了睡梦，蹲在石头上沉默着，金银峪被包围在银色的雾中。

“那是几百年，也许是几千年前的事了，反正是在古年间，金银峪中埋藏着无数的宝贝。”老人又低声絮语着。“每到夜深人静的时候，金银峪便放出白色的光芒，那光芒好像雾气，然而那不是雾气，那就是宝光。看见那宝光的人是有福的，可惜人世间无福的到底比有福的多，所以能看见宝光的人实在很少很少。”

这时，那小孩才略微抬起头来，带着几分畏寒的意思，向金银峪疑惑地遥望。金银峪依然沉默着，在银色雾中包围着。

“据说古时候有一个有福的人，他曾经到这座山里来参拜过。”老人重燃着了他的烟袋，一滴火星在黑暗中忽明忽灭，老人的故事就如从那火星的明灭中吐出。他又继续道：“那有福的人在夜间登山，他就看见有宝光从金银峪中升起，于是他怀着虔敬的心，走向金银峪去了。他看见那峪中遍地黄金，随处珠玉，那白色的光芒便是从那些珠宝中发出的。然而他并不拾取那些珠宝，因为他所寻求的并不是珠宝。”

老人稍稍停顿一会，仿佛等待小孩问他那朝山人所寻求的到底是什么东西。然而那小孩依然沉默着，并不发问，那老人就只好继续自己的故事。

“你一定想知道，那个有福的人所寻求的是什么东西，到底他寻求的是什么呢，这却传说不一。有人说他寻求的是不结子的花草，也有人说他寻求的是不疗病的药石，又有人说他本来就无所寻求。他对于一切美丽的东西、宝贵的东西，只是赞赏，却没有一点据为己有的意思。可是美丽的东西、宝贵的东西，却常常叫他遇见。他不要金银，却能看见宝光，他说那宝光美丽极了。”

“自从人们听说金银峪里有珠宝，”老人的声音里仿佛带一点激昂，他的烟袋又已经熄灭了，他继续道，“自从这一带人民听说有珠宝，便都不安起来了，因为他们都起了贪心，他们常终夜不眠，只想看见宝光，可是他们永不曾看见。他们常在深夜中到金银峪去摸索，有人竟搬了大块的石头回家，希望石头能变成黄金，然而石头还是石头。他们的贪心不止，他们便争着到金银峪去发掘，从此以后，那宝光就永不再见了。”

老牧人说完之后又沉默着，小孩也不做声，只听羊群在山坡下吃草。远处隐隐还听到有流水的声音，好像是老牧人的的故事回响。

扇的故事

为什么没有一次春日远行呢？心里还不断地这样后悔着，却已见有人穿起了雪白的夏衣，而且手里已经摇着像黑色翅翼似的扇子了，这使我的感情跌了一跤，颇觉得有一些慌张的意味。

已经是夏天了，我仍这样默念着，自己在宽大的屋子里慢慢踱步。我还不知道我所要寻求的是什么，直到我听到一种低微的声音，从我的尘封的书架上发出，仿佛告诉道“我在这儿”的时候，我才明白我正是需要一把扇子，因为那说“我在这儿”的声音就是从一把黑色的折扇发出的。

黑色的折扇尚安静地躺在书架中层，我看出它的寝台乃是一位现代学者所著的《古代旅行之研究》。自秋徂冬，以至于夏，这富有魔术意味的黑色折扇，就睡在这本满写着精灵名字的著作上，我不知道它曾经做了什么怪梦。我拿起这把折扇，我轻轻拂拭它身上的灰尘，我又把它慢慢地擎到鼻端，重又嗅出它那近于烧烤的胡桃的气味，我默诵这把扇子的历史。

那是去年夏末的时候，其实也可以说是秋初的时候，我的一柄旧折扇遗失了，这颇使我彷徨不安，仿佛就是遗失了天地间的清凉似的，虽然天气已不甚热，而且实已没有尽力再摇着一把扇子的必要，然而不行，我却特别觉得热燥，而且觉得非有一把扇子不可。卖扇子的人最先知道节令，他们多已把扇子收藏在箱笼里，我冒着热汗在街上找一把扇子，后来我居然找到了。我满意了，然而我也失意了，好像是即刻的事情，一夜西风，一场冷雨，树上零零落落地飘下了半黄的叶子，已有畏凉的人穿起深青色的夹衣来了。这时我简直是受了一闪，被闪在一片无边的空虚里，我乃有孤伶的悲哀。我把我的折扇放在书架上，那意思是还可以随时取开来挥汗。然而自从那一次无意的捐弃，它就被捐弃在那本《古代旅行之研究》上，怪不得此刻它就向我喊一声“我在这儿”了。这种故旧之感使我叹息，我仿佛看见一串无尽的夏天与秋天，像一站一站向远方展去，我又预感到我的黑折扇将永久伴我。沿着那一长串的夏与秋做一次远足的旅行。

我屡次嗅着黑折扇的烧胡桃的气息，我又慢慢地把它展开，它发出一种被撕裂的声音，这声音使我感到一点痛苦。我试验着轻轻地在我面前挥动，它乃拨动出一阵怪异的凉风，我可以说这阵风是太冷了，而且是凄凉的，有着秋风的气息。

我坐下来，展着折扇，我注视着它的黯然的面孔，它乃向我说出了这样的故事：

在某处海滨有一座大城。

扇以一种唯我所能了解的语言开始它的故事。

这是一座荒凉的古城，有高大的乔木，有颓圮的古式建筑，有历史悠久的疏落的居民。这些居民均不与时间竞争，所以他们的日子都过得非常悠闲，任日升月落，花开叶坠，仿佛都不曾使他们感动。在这些居民之间也很少人事的往来和感情的交通，故生生死死，在他们眼中均与草木荣枯同一看待。

在这大城的居民之中，也有些是上流人家，他们都过着近于贵族的生活，均自以为是这世界上的选民。他们读历史，爱礼节，喜欢室内陈设，爱看荒芜的园子。然而这些上流人也正如其他居民一样，都各保持一种相当的人间距离，他们不常见面，不作不合时宜的拜访，不参加非定期的集会，而且也不肯随便到街道上或草地上散步。

一年只有一日，而且是在一个地方，这些上流人才能有一次共同的聚会，那便是在新年的元日，在一个老妇人的家里。这老妇人可以说是这大城中唯一的真正贵族，因为她的前五世祖宗——也许是前七世，也许是前十世……曾经做过公侯，而她又是这城中年岁最长的人，她有一宗很古老而且很丰厚的财产，而她的最宝贵的财产却是这大城中人民对于她的敬意。一般居民是只能怀着敬意而谈说这个贵族妇人的故事，能够当面把敬意表示的却只有那些上流人，他们每年元旦日都不约而同地来到这贵族妇人的家里。

他们鞠躬，他们握手，他们静静地穿过重重庭院，他们攀登曲折的黑色楼梯。他们用低沉的声音互相招呼，用淡然的口气相互问候：

“又是一年了。”

“是的，又是一年了。”

“你好吗？你还健康吗？”

“很好，谢谢你，托天之福，我还不曾生病。”

他们都说很好，很康健，然而他们却都怀着被抑制着的惊讶：贵族妇人自是不用说了，她好像一棵成熟了的麦子，真是一天一个成色，她只等一场正午的南风了，其他诸人呢，某某的胡子渐渐苍白了，某某的眼睛变成蓝色了，还有变成驼背的、干瘪的……然而他们谁都仿佛不曾看到这些，他们只微笑着互相祝贺。他们有时也讲说海盗的故事，也说到古代的战争，也说到这位贵族妇人的显祖，说到他们各人家里的古物收藏，然而这些话也总是简短的，绝不过火的，他们仿佛觉得多说一句话便是失礼似的，当他们一开始谈话时大概就已经想到了“再见”一句告别辞，当然这句告别辞也就来得特别早些，于是：

“再见，夫人。”

“再见，先生。”

他们又淡然地告别了，于是又是一年。

但像这样的全体聚会是颇难得到的，某一年，某个上流人因为患了感冒就不曾参加，那位贵族妇人便只能看着他的名片说道：“啊，他是病了。”又一年，也许更多了一张名片，也许连名片也没有了，于是那位贵族妇人说道：“啊，某某人是死了。”

又一年的元旦，这位贵族妇人又会对着她的来宾说道：“啊，某某人是病了，”或是“某某人也死了”。

一年，又一年……

扇的故事讲到这里，忽然停住了，我轻轻地把扇面敛起，扇子发出微微的叹息。

片刻的沉默之后，我乃展开我的扇面问道：

以后怎样呢，这故事大概还不曾完结吧？

是的，我的扇说，不曾完结，因为一切故事均不会有一个最后的完结，这个故事当然也是一样。要问以后的事情也很简单：这位贵族妇人也病了，也死了，那些上流人的聚会便不再继续了，而且他们也都病了，也都死了。

那么他们的后人？

他们的后人也是一样。

那么那座城？

我的折扇在我手中翻了一回身，叹息着说道：

如不追问倒也罢了，因为这故事实在应该暂作结束，经你这样一问倒令我非常感慨，我还得把故事继续下去。你问那座城吗？那是一座古城了，而且又坐落在海边，不知某年某时这地球曾发生了什么变化，海水就把那块靠海的地方侵占了，海水把一片陆地也变成了海，那座古城也就不必问了。

那么以后呢？我又追问。

以后吗？我的扇子沉默了一会又说，以后又是一次海与陆的变化，被海水所侵占的陆地又从海水中归还，又一片新的陆地，又有了新的居民，又有了新的城池……

以后呢？

以后又是海与陆的变化。

以后……

以后……

我的黑折扇忽然又发出一阵近于撕裂的声音，把黯然的面孔敛起来，并无可如何地在我的手中跳跃一下，沉默了。

我也沉默着。忽然从开着的窗子上吹来一阵凉风，这哪里是夏天呢？简直有秋天的意味，我坐在我的靠椅上，不必起立，无意中只一伸手便又把我的折扇放回原处，仍旧很正确地放在那本《古代旅行之研究》上。然而这次无意中的举动却使我非常感动，我觉得这举动是那么平常又那么奇异，我又仿佛看见成串的无数夏日与秋日，又仿佛看见我自己的许多影子在那一串夏与秋的交替中取一把扇子，又放一把扇子。

二十六年六月二日，济南

过羊尾镇，知道不久就要到达陕西省的白河县了，虽然疲乏，也稍稍振作了一下。太阳就要落下山去，然而白河还是看不到。问放牛的，问担挑的，甚至问小娃子，总之见人就问：“到白河还有多远？”回答总是：“不多远，十五里。”在晚照中远远望见一叠叠山，一丛丛树，便喜形于色，嚷道：“白河到了，白河到了。”但依然不是白河。尽走，尽走，脚步越走越沉重，而太阳却故意加速地向山后躲去，落得四面只是一团黑影。没有人唱歌，也没有人说话，只听到脚步声。各人的行李在背后用力向下压着，向下垂着，仿佛再不愿挂在主人肩上，显出急于要躺在道旁休息下来的样子。而且队伍也渐渐零散了，不成队伍，只是三个一伙、两个一帮，这叫我们非常担心，我们想起汉江里那只破船，那是本地的土匪因图财害命而故意沉在那山脚下的；我们更不能忘记羊尾镇人所说的那条血裤，那是一个在前线抗战退下来的士兵因饥饿而抢劫路人的结果。我担心我们的小队员会遇到不测，他们年纪最小，而胆子最大，总是不顾大队而跑到最前边去。为了促使他们联络一气，促使他们一同走，我们从队伍的最后一个人，追到队伍的最前一个人，追到了前锋的队员，也追到了白河。

“威尼斯！”有人这样喊，白河县让我们想起画片上那座美丽的水城，其实这也只是在忽然转过一个山脚后，在暮色中猛然乍见的一种近似的印象罢了。汉水随着山势陡然一个转折，水面也显得特别宽阔了，水面上有连樯结帆的船只，紧靠着江水的背面是长长的一列建筑，这些建筑都是楼阁式的，夜色、水光，给这些建筑添了梦一般的美丽。楼上的灯光倒映在水里，拉成长长的光幅，随着水波漂动。急流打击着山脚，发出呼呼的吼声，在水声中又隐隐听到市内的喧哗，第一队的队员在江岸上迎接我们，并为我们预备了渡船。这时，我们的疲乏完全消逝了，反被这新鲜地方的最初印象振奋了起来，于是在水上漂起歌声，和着橹声，渡过了江面。我们以为在那一列建筑物里就该有我们宿夜的地方，然而不行，这只是一条买卖街，也就是这县城的精华之所在，在这条使我们认作“威尼斯”的街上只有一处小学，已被我们的第一队住满了，他们要在这里休息一日，于是我们就必须到城里去歇。“城里？城在哪里？”“城在山上，又是一座山城，荒凉之至，比郧阳还更荒凉！”迎接我们的人并且告诉：这地方如同死的一样，一点生气也没有，没有一点抗战的空气。这地方也偶然显得热闹，是因为有时多了些军队，多了些过路的难民，江面上那些船已在此停泊了多日，那是服务团的船，他们被白河人看作高等难民。他们的船上挂着大旗，十分威风，他们有老少男女，有笨重的行李，他们不能走路，不比我们这些十几岁的孩子能吃苦，他们必须坐船，他们怕土匪，于是停在这里等待县政府给他们派军队护送，然而据县长说，军队都出发剿匪去了——因为这一带山里土匪甚多，又有一种民众为抗丁抗捐而组织的带子会，也闹得非常凶，自然也在被剿之列——县长身边只剩了护兵，没有军队可派了，于是他们就在这里停着停着，一点事情也不做。他们是服务团，然而并不服务，他们给这地方平添了一些热闹，然而并不向这荒城的同胞们告诉一点什么，却只把年轻女人娇艳地打扮起来给这些未见过世面的人们开开眼。于是我听到这么一个故事：服务团里有一个老先生，他是最肯负责最努力做事的人，然而也最为一般团员所不满，尤其是一些年轻的女团员们，因为那位老先生常常告诫她们，劝她们不要涂口红，不要穿高跟鞋，不要穿太鲜丽的衣服，免得惹人注意，更怕惹起土匪的注意而遭逢不测。然而那些为抗战服务的女士们、太太们却最讨厌这些“教训”，她们每逢登岸，不论在城市或在山村，总是打扮起来向外展览，仿佛是向自然界炫耀，向那些衣不蔽体食不果腹的人们夸示似的，而且她们会噘起红红的小嘴来，向那位老先生反驳道："爱打扮，偏打扮，你老头子不要多管！"这类故事——当然还有其他故事——都是在我们渡江的时间，整队入市的时间，总之，在顷刻间我们听了很多，因为有无数的小嘴争着向我们耳朵里送，使我们一时听得忙乱。他们——第一队的队员们——比我们早到一天，就仿佛已是白河县的老住户似的，那么喋喋不休地讲着白河。

我们一听说我们必须进城，而城又在高山上，于是疲乏又回来了，然而无可如何，我们必须向上爬，我们穿过了那条号称白河精华之所在的横街，街上的灯光使我们眩惑，仿佛我们已经很久不曾见过灯光似的。我们穿过黑暗狭窄的小巷子，开始拾级而上，低着头，闭着气，努力向上爬。尽爬，尽爬，人烟逐渐稀少，简直完全是荒山野路了，我们的心随着静下来，这时候才知道月亮已在背后升上来了，仰头向前望，月光洒在远远近近的山头上，在迷茫中看见一些建筑的轮廓。这时江声又压服了市声传送到山上来，在月夜中显得那波涛冲激得很远，好像在多少层山峦之外。我们爬着，也无暇看我们的时表，只觉得爬了很久，步子越走越小，腿部感到酸痛了。我们问："还没进城吗？城墙在哪里？"回答却说："早已进城了。"原来在不知不觉中已经穿过了城门，至于城墙更不曾惹我们注意。"荒凉哉吗，小山寨！"有人这样说着，觉得好笑。我们又看见茅屋，看见从门缝里透出来的灯光，这就是大街了。我们以为足够爬了十里（其实不过五里），我们到达了山顶，走进了我们的住处——文庙小学。据说这附近就是县政府及各机关，是这县城的行政区域。我们受到许多小朋友的招待，他们为我们送了水来，把教室指点我们，让我们在那儿睡觉。

弄铺草，发饭费，已费去了很多时间，等我们到一个人家，请人家给我们做了饭吃过之后，夜已经很深了。我们走在寂静的街上，草鞋打着石板道上发出沙沙的音响，浴着月光，踏着月光，觉得分外寒冷。向远处望望，还是山，还是山，山影，树影，“依山筑城”，这时也看见断断续续的城圈了。听到江水声，听到远处的犬吠声，而且，最使我们觉得奇异的，我们听到了荒鸡的啼声。在什么地方的茅屋下面，在一张被冷气所包围的床上，也许有一个不眠的人正在想着心事，说道：“荒鸡叫——不祥的兆头哇！”我心里这样想。我们回到小学后，队员们都已经入睡了。

二十七年十二月五日

冷水河

天还黑黝黝的，人也还睡得正甜，忽然传来了一阵开门声，人语声，脚步声，而那担杖钩环的声音更是哗唧哗唧地响得清脆。我们都被惊醒了。点起昨晚剩下的小烛头，摸出枕边的时表一看——才四点半，距天明还有一点多钟，然而李保长已经领着人送了几担开水来。同时，听到队员们也都起来了。为了赶路，我们自然希望早起，但今次实在起得太早了，夜里睡不足，白天行路也是容易疲劳的，于是有人喊着："太早哇！太早哇！"这喊声在我的耳朵里回旋了很久的时间，因为我立时想起了那一世之散文作家阿左林，他在一篇文章中曾说起西班牙人在日常生活中所常用的三句话：第一句是"晚了！"第二句是"干什么呢？"而第三句则是"死了！"这是很可怕的三句话，试想咱们这个国家的人民，又有多少人不是在这三句话中把一生度过的呢？而那最可怕的就是"晚了！"这就是说，"糟糕，已经来不及了！"

想想西班牙在这时候所遭的命运，再想到我们自己的国家，对于“太早哇！太早哇！”这呼声，就有着特殊的意味，也有着无限的感慨，究竟“太早”比“太晚”是不是较好一些呢？一切事情，如能不过早也不太晚地去做，那自然很好，但那就很不容易吧，我想。那么还是希望大家“早一些”较好，咱们似乎应当用“早一些”来代替“晚了”那一句话。

我一边这样那样想着，一边收拾行李并漱口洗脸，而这时候队员们已经在院子里吃着昨天的干粮，喝着今天送得“太早了”的开水。我们的大队长照例是忙碌的，他在走来走去地张罗着一切，等他回到屋里来时，就笑哈哈地说道：“真想不到白河县人做事这样认真，唯恐耽误了我们走路，半夜里就送了开水来，这也可以证明这地方的政治还不坏吧。”我心里明白他的意思，他不过是指着县政府对于保甲长的，以及保甲长对老百姓的威严而言罢了，县政府命令保甲长，保甲长命令老百姓：“要早送开水，万勿迟误。”于是就有今天的结果，而这也就是大队长之所谓“政治不坏”，我对于这样的赞美是不赞一辞的。等到我们饮食已毕，一切停当之后，问题却来了：“我们雇的挑夫还不见来！”我们在焦虑中等着，等着。一直等到八点，挑夫才陆续来到，问他们为什么来得这样迟，他们却很坦然地答道：“还得烤完了烟啊。”原来他们都是些鸦片烟鬼，他们仿佛很有理由似的那样不慌不忙回答我们。一边捆行李，一边听队员又大声喊道："太晚了！太晚了！"然而那些鸦片烟鬼却仍是不慌不忙，这种不慌不忙的态度好像在回答我们说"并不晚"或者"还很早"一样，叫我们非常生气。等到开拔之后，出城、下山，他又买烟、买火、拴草鞋……走到河街时太阳已经很高了，然而有的挑夫又不见了，有人说是去吃饭，也有人说是去烤烟，弄得我们无可如何，因为实在已"太晚了"！

我们一路沿着汉水，踏着山脚，前进着，我们的歌声，和着水声，在晴空之下彻响着。"拐过山嘴，便是月儿湾了。"有人这样喊。月儿湾——又是一个好名字，还有黄龙滩、花果园……我忘记我是在流亡，忘记是为我们的敌人追赶出来的，我竟是一个旅行者的心情了。我愿意去访问这些荒山里的村落，我愿意知道每一个地方的建立、兴旺、贫困与衰亡，我愿意知道每一个地名的来源，我猜想那都藏着一个很美的故事……但这样的念头，也只是转瞬即逝的事情罢了，尤其当看见在破屋断垣上也贴上红红绿绿的抗战标语——这是在城市中我们看厌了的，而发现在荒山野村中却觉得特别有刺激力；以及当我们从那些打柴牧牛的孩子们的口中也听到几句"打倒日本，打倒日本"的简单歌声时，我就立时像从梦中醒来似的，心里感到振奋，脚步更觉得矫健了。

奔到月儿湾，我们停下来吃午饭。这时候，我们才有机会同挑夫们谈谈话。我们是喜欢同他们谈谈的。谈到他们的工钱，我们才知道他们又并非自由的挑夫，他们也是被政府硬派了来的，那么，我们所出的工钱恐又不知经过几层剥削才能到达他们的手中，而他们之中竟有人因年老、因烟瘾，而不能胜任，想偷跑，想雇人替换，也就是当然的了。自然，我们也同他们谈到了吸鸦片的害处。我们的队员尤爱捉住这种机会大发议论。但说来说去，也只能从烟鬼口中换得这么一句回答："这我们何尝不明白，但是现在明白已经晚了，烟瘾已成了，家业也穷光了！""晚了！"他们也知道晚了。于是青年队员就激昂地说道："好，你们好好地再吸两年吧，不然，现在便要戒绝，若等到抗战胜利之后，你们便只好吃那最后的一颗大烟丸了。"这所谓最后的一颗大烟丸者，乃是指那一颗可以打穿脑壳的子弹而言。这种想法原是很近理的，总以为抗战胜利之后，中国的政治应当完全刷新，那时就不再允许这些烟鬼存在了。这是一个政治问题，挑夫自然不懂，却也没有人为他们解释。

从白河到冷水河，共七十里，并不难行，但因为今早动身太晚，所以到达冷水河时又是相当的"晚了"！

冷水河，从左边的山涧中流注汉江，河身甚窄，河水清浅，在碎石上潺潺流来，确有一些清冷之意。过冷水河不远，便是冷水河的村庄，在暮色中只见团簇着一些房舍，房舍还有的冒着炊烟。在冷水与汉江之间，矗立着一座雄伟的建筑，叫做双龙古刹，也叫做观音庵，而庵下的江水就叫做观音滩，这里的江水又正当一个山势陡转处，水流甚急，又以水底多石，所以水声甚大，而行船最难，据说航船到此，必须连客带货一并卸在岸上然后才能把船拖过，否则便难免危险。我们就看见一只小船还正在滩中间沉着，被急流所冲击，激溅着白色的浪花，而那只小船却是一动也不动。双龙古刹是借了山势而雄踞在险滩上的，它似乎被群山所包围，而又高出于群山之外，它像一个巨大的魔灵，做着这险滩的主宰，益显得这地势险恶万分。而今夜，这古刹就做了我们的宿营地。

我们在模糊中吃过了地瓜米粥，又托本地的保长给雇了一只可以载行李直达安康的小船，便借了观音面前的灯光打铺休息了。半夜里醒来，听见江涛的声音，仿佛在深山中来了暴雨，颇令我想起在泰山斗母宫曾听过的山涧水声，似梦非梦，不知身在何处。揉开睡眼，却看见月光从古刹的窗上射了进来，照在粗大的黑柱子上，照在雕绘的栋梁上，照在狰狞的神像上……心里有些恐惧之感，同时也有说不出的感伤。我不能入睡，我想着种种往事，想到将来，想到明天蜀河的道路，乌江渡，又一个可怕的地方。我摸出时表用手电照着，看看时间的向前移动，我决心在那个不太早也不太晚的时候把大家吵叫醒，预备赶路。

十二月七日

江边夜话

山渐渐低，水渐渐阔，眼界逐渐扩大，心情也就更变得舒畅些了。下午三点钟，我们就到达了高鼻梁。高鼻梁——为什么叫高鼻梁呢？是因为本地人生得鼻梁特别高吗？还是这里有一个山头像人的鼻梁骨呢？打听本地人，才知道原名是高北阳，讹为高鼻梁了，这叫我想起北京城那条讹为狗尾巴的高义伯。早早地到达，是行路人的无上愉快，不但觉得诸事从容，而且觉得应当做出些特别有趣的事情来才对。但是要做些什么呢？也不知道：除非是等我们的小船，船来了，就搬行李，然后又是到江边上去酌水盥漱，脱鞋濯足，而山地里的太阳是落得很快的，等到给队员们分配妥当了晚餐之后，已经是暮色苍茫，江风也变得凛冽了。

“每小队一斤生萝卜，一两盐，每人还分两个馍。”队员们各处这样传语着，带着很高兴的神气。他们都分住在人家屋里，借了人家的炉灶自己炊食。我们几个则在江边一个吴姓家里安顿了下来。

这地方人家并不多，零零星星地散点在山坡和江边上。各家都是低低的茅屋，没有所谓庭院，更没有大门，但这里也居然有几家卖面食和酒肉之类的了，这些，大概是最近才开始的吧。远远山上有一座庙宇，顶子是瓦的，墙是红的，显得特别惹眼，贫苦的老百姓们，都是建筑了很精美的房子让神们住着，而自己是绳枢瓮牖，这无论走到什么地方总是一样的。更远处，在江水两岸的高高山头，有几座碉堡雄踞着，也给这地方平添了一种特殊神色。“这是当年 × 军长修的呀，为了剿 ×。”店主人这样指点着，向我们告诉，让我们想象，这里的青山绿水也曾经染过人们的鲜血。

我们所住的这个吴家，也只有一大间草房，而这一大间之内却又分成了三个小间。进门一间，似乎是专为了居留客人并招待买卖用的，门口挂着肉，门后放着几案，有酒，有烟，以及其他零星物品，还有两张木床，这就是我们所要睡的地方。其他两间，一是灶间，该是吴老头和他的女人住的，另一小间在最深的一层，大概这是吴老头的儿子和媳妇的卧房了。我们住在这里，仿佛会给人家以不方便似的，颇觉得有些不安，但看了他们那种实诚而亲切的态度，我们倒觉得自己的多心是多余的了。

“老先生今年多大年纪呀？”大队长问。

“啊，你说我吗？”吴老头仿佛很惊异的，望望我们，笑着回答，“哈哈，六十挂零啦。”

“好哇，你老人家很壮实啊。”

“嘿，穷人不壮还行吗？”

他在给我们张罗着点灯，在灯影里，看他那含在满脸皱纹和短短胡髭中的微笑，给我们一种深湛的和平之感。

他的女人，一个稍稍驼背的老妇人，给我一个模糊的印象，她似乎穿着极宽博的古装，头上蒙着印花的头巾，偶尔从灶间里出来，却很少说话。我们不曾看见他的儿媳妇是什么样子，却只听见她在内间里操作的声音，舀水的声音，吹火的声音，捣面的声音，偶尔和老妇人私语的声音……这情形使我们感到一点肃然。

我们客气地同吴老头谈着。

“我们原是住在山后的。”老头在菜油灯上燃着了烟斗，一边吸着，一边说，“从去年，啊，是前年啦，听说外面又打起仗来，这里过路的客人多起来了，有点生意，便搬到这里来住了。”

从他自己的叙述里，我们知道他原是船户出身，他的祖上是玩船的，他年轻的时候因为做船上的生意赔了本钱，据他自己说是“上了人家的当，受了骗了”。于是把船也卖掉，只耕种着几“天”田度日。现在他做着豆腐、馒头以及猪肉等等的生意，他说这是他的儿子经营的，他儿子有事到别的村上去了。

“咳，什么都不容易，糊弄着吃口饭罢了！”他在他自己吐出的烟雾中笑着。

这真是一个可爱的老人。我们行路人对于这样可爱的老人是愿意把一切都予以信托的。我们将要吃些什么呢？这是我们当前的问题，“随便给我们弄点吧，老先生。”吴老头听了我们的话，又到内间去吩咐了一番，回来时两手向两边一分，带着抱愧的神色说道：“唉，对不起，我们没有盐，我们已经很久没有盐了！”

对于这没有盐的说明，我们并不觉得稀奇，我们在沿途曾屡次经验过盐的恐慌。这些地方，因为交通不便，时常无盐可买，而大多数的贫寒人家则几乎永远吃着淡食。我们在一个有盐可买的地方，买了很多盐带着，预备分给队员，我们现在就要分给这个老人一些，但我们却愿意把我们更宝贵的东西赠他，也是盐，然而这是从河南买来的海盐，我们一直藏在手提箱内，偶尔用过，但大部分都还留着，我们拿一个沉甸甸的纸包递给老人。

“给你这个，老花生。”我们说。

“什么？”他惊异了。

“海盐啊，我们给你老人家。”

“海盐？——唵，海盐是香的，我们这地方是吃不到海盐的，我们这荒山里！”

他并不曾说一声“谢谢”，却只是连连地点着头，笑着，走到内间去了。我们听到他同女人们窃窃地笑语着，等他从内间走出来时，却又大声地笑着说：

“海盐哪，生在东海里，带到这里十万八千里，你们女人家哪里知道这个呢！”

不多时，就有刺鼻子的香气传了过来，大盘的炒白肉和烙油饼接着就端过来了，我们像一群小孩子似的，贪馋地领受这一次盛馔，真的，自从在白河那个奇怪人家吃过一次炙油饼以后，我们又是许多日子不知肉味了。而且，吴老头又给我们提了酒来，这是出乎我们的期待的。红陶泥瓶，白粗瓷杯。酒呢，是玉蜀黍酒。“棒子酒啊，请你们尝尝，我想你们是不曾喝过这种酒的。”老人笑着说。他并且告诉我们，他们可以做种种酒。譬如小米酒、糯米酒，还有地瓜酒。现在只有棒子酒。我们是不能吃酒的，我们的大队长虽然可以贪几杯，但他所喜欢的是高粱老烧，而不是这种淡淡的、甜甜的、酸酸的棒子酒。但在我们这却是再好不过了，而且凭了老人这点意思，或者说，这点风趣，叫我们也不得不吃他几杯。我们拉他同饮，他却执拗地拒绝了。酒饭之后，我们还想喝些解渴的东西。“喝呀，喝什么呢？茶吗？不，请你们喝豆汁吧，现在就在推磨子，一开锅就行了。”老头指着内间里，这样说，同时，我们也听到了碌碌的声音，知道是在磨豆腐了，在豆腐磨子的辘辘声中，我们之间有片刻的寂静，我们似乎又听到了江水的声音，然而那仿佛是在很远的地方冲激着，有风从茅屋上边走过，发出刷刷的叹息，隔壁人家有絮语声……夜已经深了，奇怪，我们又听到了铃声，丁零丁零，我们都猛然一怔，不敢相信自己的耳朵。

“跑信的过去了。”老人低声说。

“邮差为什么带着铃铛呢？”我们不明白。

“怕有虎啊，狼啊，鬼祟啦什么的，”老头答，“这些东西都是怕响器的，跑信的人一到夜晚便把一个铃铛挂在身上了，走起来丁零丁零的。”

丁零，丁零，这清脆的铃声，越走越远了，渐渐听不见了，于是我们谈到这一带的野物和鬼怪。

“鬼吗倒没有见过，反正有；野物可是时常出来。这就得碰运气了。”

他说沿江一带因为常有船舶来往，行人也多，所以野物并不大出现，若到后山里去，那些地方都是深山老峪，林莽丛生，最是野物盘踞的所在。因此这一带人民也有以打猎为业的。譬如打到一只虎可卖一百余元，打到一只豹，也可卖好几十元，一只獐子也差不多，若是一只狼，也就只卖几串钱。可是獐子颇不易得，须碰运气，运气好的，打到的獐子是圆脐子的，运气坏的，獐子的脐子就是长的了，长的没有什么用，圆的就制麝香，贵得很。

“那么怎么打法呢？”

“打法吗，就是用枪，可是打狼是不能用枪的，狼能避枪呢。”

我们简直为这些故事所迷惑了，我们驰骋我们的想象，沉默着，想着那些深山老峪，想着在深夜中发着金光的炬眼，想着那个在身上挂着铃铛的绿衣人。老人也沉默了一回，又说：

“打狼是不用枪的，”他磕落了烟灰，“用毒药，把毒药放在羊油里，狼是喜欢吃羊油的。”

“老虎有多么大呀？”我们之中有人这么问。

“吓，大得很，像一头驴，像一头驴。”老人用烟袋比画着。

“那么住在山里是很危险的了。”

“也不怎么怕，”老人当行地说，“人不惹它它也是不惹人的，咱们要知道给野物让路才行，你想，你一定要去碰它，它还能善休了吗？野物也是有人性的。”

从野物，我们又谈到了所谓“歹人”，老人弓着腰走到我们面前，几乎把胡须搔着我们的耳朵，低声说道：

“唉，说不了，这一带穷人太多，河路码头是出坏人的地方，反正你们出门人总得处处小心，钱啦什么的，这年头连邻舍壁家也保不了红瓤黑子了！”他还用烟袋指一指他的邻居。

谈话之间听到内间里叫了一声，老人便进去了，出来的时候便端了豆汁来，这真是最新鲜最纯粹的豆汁了，我们每人都喝了几碗，淡淡的，非常可口。忽然有人说："这比沙滩或马神庙的豆浆好多了，可惜这里没有面包。"于是想起在大学时候每天早晨去吃早点的情形，心里还有点儿黯然。我们一边喝着豆汁，一边同老人谈着。我们问到了去安康的道里，老人说：

"哦，是吗，你们明儿就住安康，就是兴安府啊，从脚下到府里七十五里，大清年间是每十里一个探子，就和现在跑信的一样，这道里，也是前清时候丈量的。"

他从此谈起了前清，我们就问他：

"前清好呢还是现在好哇？"

这一问却把老人窘住了，他用满把手拢了一下胡子，显出了为难的颜色。无疑的，他是把他自己看做了那一个时代的人，他的感情也许和已经死去了的那个朝代更接近些，而摆在他面前的我们呢，在他心目中，当然是属于这个"新朝"的人物了。他该有些意见，然而他不知如何表达，他大概正把如何不至见笑，并不见怪的问题在他诚朴的心灵上衡量着，他沉默了片刻，吸了一口将要熄灭的烟袋，终于摇着头说道：

"唉，说不了，说不了，反正净打仗，老百姓什么时候都沾不着光，穷人还是穷人！……"

显然的，他的话尚未说完，他又沉默了，他在悄悄地窥视着我们的颜面。自然，我们并没有什么表示，我们先存了一个不愿拂逆他老人家的心愿。他仿佛大胆了些似的，又稍稍扬起了声音继续道：

“不过，前清时候做买卖容易赚钱，日子还好过些，自从反了以后……”

他的话又咽住了，据我们猜想，他的所谓“反了”者大概就是指着辛亥革命而言了。

老年人是有他自己的思路的，大概他就因为谈到了改朝换代的事情吧，他忽然很郑重地问道：

“可是，日本不是来打咱们中原吗？日本人可知道安民吗？”

他听了我们的回答之后就截然地断言道：

“不行，不行，不知道安民就永久得不到天下的，不论哪一家，不要人民是不能成事的！”他显得有点愤慨了。

当我们把敌人的种种暴行告诉他时，他就连连地摇着头，不说话，只是叹息。但当我们把胜利的故事以及种种希望描写给他听时，他也居然眉飞色舞起来了。

我们喝完了豆汁，灯里的油也已是将尽了，屋子里显得阴暗了起来。忽然听到外面有橐橐的脚步声，老人很机灵地站了起来，自言自语道：“小回来了。”一边说着走去开门，门开处却闪进一个魁梧的影子来，这当然是他的儿子了，这个“小”，可真不小，我心里这样想着，觉得好笑。那人戆戆地闯进来，和我们打了简单的招呼，就到内间去了。“娘，你吃吧，这是新的。”我们听到他的粗嗓子这样说，也不知是给他母亲买来了什么好吃的东西，老人也随着进去了，谈了一阵话；大概是关于他儿子出外办事情的情形吧，仿佛听到讲什么价钱，当然是属于买卖一方面的事。老人出来的时候嘴里还在嚼动着，并说“天已不早了，先生们安息吧”，于是重新把门关紧，退入内间去了。

大概刚过半夜，老人一家就已经起来操作，给我们预备着水，预备着饭，当然还准备他们一天的买卖。但他们并不惊扰我们，他们都轻手轻脚地活动着，也不说什么话，真正把我们惊醒了起来，而且使我们再也不能入睡的，却是栖在床底下的大公鸡，它们在我们的床下不知唱了多少遍，天才渐渐透出亮来。

“鸡叫得真早哇，真是……”我们之中有人这样说。

“啊，春三秋四冬八遍呢，冬天叫八遍总能天明。先生们听不惯鸡叫……”老人带着歉意地回答。

早晨七点半钟，我们就向安康出发了。

十二月十二日

礼物

现在是夜间，昭和小岫都已睡了。我虽然也有点儿睡意，却还不肯就睡，因为我还要补做一些工作。白天应当做的事情没有做完，便愿意晚上补做一点儿，不然，仿佛睡也睡不安适。说是忙，其实忙了些什么呢？不过总是自己逼着自己罢了。那么就开始工作吧，然而奇怪，在暗淡的油灯光下，面对着翻开来的书本，自己却又有点茫然的感觉。白天，有种种声音在周围喧闹着，喧闹得太厉害了，有时候自己就迷失在这喧闹中；而夜间，夜间又太寂静了，人又容易迷失在这寂静中，听，仿佛要在这静中听出一点动来，听出一点声音来。声音是有的，那就是梦中人的呼吸声，这声音是很细微的，然而又仿佛是很宏大的，这声音本来就在我的旁边，然而又仿佛是很远很远的，像水声，像潮水退了，留给我一片沙滩，这一片沙滩是非常广漠的，叫我不知道要向哪一个方向走去。这时候，自己是管不住自己的思想的，那么就一任自己的思想去想吧：小时候睡在祖母的身边，半夜里醒来听到一种极其沉重而又敏速的声音，仿佛有一个极大的东西在那里旋转，连自己也旋转在里边了；长大起来就听人家告诉，说那就是地球运转的声音……这么一来，我就回到了多少年前去了：

那时候，我初入师范学校读书。我的家距学校所在的省城有一百余里，在陆上走，是紧紧的一天路程，如坐小河的板船，就是两天的行程，因为下了小船之后还要赶半天旱路。我们乡下人是不喜欢出门的，能去一次省城回来就已经是惊天动地的了。有人从省城回来了，村子里便有小孩子吹起泥巴小狗或橡皮小鸡的哨子来，这真是把整个村子都吹得快乐了起来，“××从省里买来的！”小孩子吹着哨子高兴地说着。我到了省城，每年可回家两次，那就是寒假和暑假。每当我要由学校回家的时候，我就觉得非常恼惑，半年不回家，如今要回去了，我将要以什么去换得弟弟妹妹们的一点欢喜？我没有钱，我不能买任何礼物，甚至连一个小玩具也不能买。然而弟弟妹妹们是将以极大的欢喜来欢迎我的，然而我呢，我两手空空。临放假的几天，许多同学都忙着买东西，成包的，成盒的，成罐的，成桶的，来往地提在手上的，重叠地堆在屋里的，有些人又买了新帽子戴在头上，有些人又买了新鞋子穿在脚上……然而我呢，我什么也没有。但当我整理行囊，向字纸篓中丢弃碎纸时，我却有了新的发现：是一大堆已经干得像河流石子一般的白馒头。我知道这些东西的来源。在师范学校读书的学生们吃着公费的口粮，因为是公费，不必自己花钱，就可以自己随意浪费。为了便于在自己寝室中随时充饥，或为了在寝室中以公费的馒头来配合自己特备的丰美莱肴，于是每饭之后必须偷回一些新的馒头来，虽然训导先生一再查禁也是无用。日子既久，存蓄自多，临走之前，便都一丢了之。我极不喜欢这件事，让这些东西丢弃也于心不忍，于是便捡了较好的带在自己行囊中。自然，这种事情都是在别人看不见的时候做的，倘若被别人看见，人家一定要笑我的。真的，万一被别人看见了，我将何以自解呢？我将说“我要带回家去给我那从小以大豆高粱充塞饥肠的弟弟妹妹们作为礼物”吗？我不会这么说，因为这么说就更可笑了。然而我幸而也不曾被人看见，我想，假设不是我现在用文字把这件事供出来，我那些已经显达了的或尚未显达的同窗们是永不会知道这事的。我带了我的行囊去搭小河的板船。然而一到了河上，我就又有了新的发现：河岸上很多贝壳，这些贝壳大小不等，颜色各殊，白的最多，也有些是微带红色或绿色的。我喜欢极了。我很大胆地捡拾了一些，并且在清流中把贝壳上的污迹和藻痕都洗刷净尽，于是贝壳都变成空明净洁的了，晾干之后，也就都放在行囊里。我说是“大胆地”捡拾，是的，一点也不错，我还怕什么呢？贝壳是自然界的所有物，就如同在山野道旁摘一朵野花一样，谁还能管我呢，谁还能笑我呢？而且，不等人问，我就可以这么说："捡起来给小孩子玩的，我们那里去海太远。"这么说着，我就坐在船舷上，看两岸山色，听水声橹声，阳光照我，轻风吹我，我心里就快活了。但这样的事情也不是每次都有，有时候空手回家了，我那老祖母就会偷偷地对我说："哪怕你在村子外面买一个烧饼，就说是从省城带来的，孩子们也就不这么失望了！"后来到了我上大学的时候，我的情形可以说比较好了一些，由手到口，我可以管顾我自己了，但为了路途太远，回家的机会也就更少。我的祖母去世了，家里不告诉我，我也就不曾回去送她老人家安葬。隔几年回家一次，弟弟妹妹也都长大了。这时候我自然可以买一点礼物带回来了，然而父亲母亲却又说："以后回家不要买什么东西。吃的，玩的，能当了什么呢？待你将来毕了业，能赚钱时再说吧！"是的，等将来再说吧，那就是等到了现在。现在，我明明知道你们在痛苦生活中滚来滚去，然而我却毫无办法。我那小妹妹出嫁了。但当故乡沦丧那一年她也就结束了她的无花无果的一生。我那小弟弟现在倒极强壮，他在故乡跑来跑去，仿佛在打游击。他隔几个月来一次信，但发信的地点总不一样。他最近的一封信上说："父亲虽然还健康，但总是老了，又因为近来家中负担太重，地里的粮食仅可糊口，捐税的款子无所出，就只有卖树，大树卖完了，再卖小树，……父亲有时痛心得糊糊涂涂的……”唉，痛心得糊糊涂涂的，又怎能不痛心呢？父亲从年轻时候就喜欢种树，凡宅边、道旁、田间、冢上，凡有空隙处都种满了树，杨树、柳树、槐树、桃树，凡可以作材木的，可以开花结果子的，他都种，父亲人老了，树木也都大了，有的成了林子了。大革命前我因为不小心在专制军阀手中遭了一次祸，父亲就用他多少棵大树把我赎了回来。现在敌人侵略我们了，父亲的树怕要保不住了，我只担心将来连大豆高粱也不再够吃。不过我那弟弟又怕我担心，于是总在信上说：“不要紧，我总能使父亲喜欢，我不叫他太忧愁，因为我心里总是充满了希望……”好吧，但愿能够如此。

灯光暗得厉害，我把油捻子向外提一下，于是屋子里又亮起来，我的心情也由暗淡而变得光明了些。我想完了上面那些事情，就又想起了另一件事，这却是今天早晨的事了：今天报载某某大资本家发表言论，他说他已立下一个宏愿：将来抗战胜利之后他要捐出多少万万元，使全国各县份都有一个医院，以增进国民健康，复兴民族生命。抗战当然是要胜利的，我希望这位有钱的同胞不要存半点疑惑，你最好把你的钱就放在手边，等你一听说“抗战已经胜利了”，你就可以立刻拿出来。但我却又想了，抗战胜利之后，我自己应当拿出点什么来贡献给国家呢？可是也不要忘记还有我自己的家，我也应当有点帮助。但我想来想去，我还是没有回答。我想，假设我有可以贡献的东西，哪怕是至微末的东西，哪怕只是一个贝壳或一块干粮，我还是现在就拿出来吧。

我又想到那个“女人与猫”的故事，因为警报时间走失了一只小猫，她就捉住“抗战”骂了一个痛快。

我又想起今天报上的消息：美日谈判之中总透露一些不好的气息，虽然 ×× 连发宣言，而依然在想以殖民地为饵而谋其自身利益，总不肯马上拿出力量来，危险仍然是在我们这一方面的。我又想起今天午间我曾经把这话告诉那个“女人与猫”中的女人，并说：“罗 ×× 说世界战争须至一九四三年底才能结束。”她说：“说句汉奸言论吧，这个战我真抗够了！”仿佛这个“战”是她自己在“抗”着似的。

我想到这里不觉微笑了一下。我自然没有笑出声，因为夜太静了，我真怕弄出什么动静来。但使我吃了一惊的却是小岫的梦呓：“爸爸，你给我……”她忽然这样喊了一句。我起来看了一下，她又睡熟了，脸上似乎带着微笑。她的母亲睡得更沉，她劳苦了一天，睡熟了，脸上也还是很辛苦的样子。我想起了那位日本作家所写的“小儿的睡相”：“小儿的面颊，以健康和血气而鲜红。他的皮肤，没有为苦虑所刻成的一条皱纹。但在那不识不知的崇高的颜面全体之后，岂不就有可怕的黑暗的命运，冷冷地，恶意地，窥伺着吗？”我不知道我的小孩在梦中向我要什么，我想假如你我都在梦中，那就好极了，在梦中，你什么都可以要，在梦中，我什么都可以大量地给。假如你明天早晨醒来，你一定又要问我："爸爸，过节啦，你送给我什么礼物呢？"那我就只好说："好吧，孩子，爸爸领你到绿草地里去摘红花，到河边上去拾花花石子吧。"

夜极静。但是我的心里又有点乱起来了，而且有渐渐烦躁起来的可能，推开要看的书，我也应该睡了。

三十年九月六日，叙永

两种念头

昨天夜里下了一夜的雨，雨虽然不大，可是那淅淅沥沥的声音就使我不能入睡。从前，这应当说是多少年以前了，一个人独自睡在学校的宿舍里，常常喜欢听夜雨，那雨声常给我一种邈远而又清新的感觉，常常使我想到许多很美丽的事物。而现在，现在却不然了，现在这雨声却只使我感到烦琐、吵闹，尤其昭在临睡以前把木盆、瓷盆，都一排行儿放在檐下了，说是这样落一夜雨就可以从檐溜接得很多水，可以洗衣，也可以做饭，可以省一些买水的钱，近日米价大涨，水价也大涨了。好，于是这一夜不但是淅淅沥沥，而且还有叮叮咚咚，这如何叫人能睡呢。

听着雨声，我的脑子里起着无端无绪的思想。偶尔入睡了，却又做起怪梦来，而梦醒之后呢——谁知是真醒不是——便开始幻想，不只是幻想，简直是些幻象在眼前排演。我梦见我行走在一段极其光滑的石板路上，这条路仿佛是升到一座高山上去的，非常陡峭，路面又非常狭窄，其狭窄的程度真可以说是才可容足，而路的两旁呢，就是深潭，潭水极清，却不可见底，只见前波后波在你推我挤。这是梦吗？这简直是我的旧游之地，我在梦中常常到这里来，常常来攀登这一段极险的路，就像在我们的日常生活中要常常经历那些艰难困危的道路一样。这是一个 Familiar dream。我又梦见我行走在故乡的旷野，我看见父亲在深深的禾苗中工作。是的，他什么时候不在田野中工作着呢。然而我并未和他招呼。我醒来了，我就觉得奇怪，我为什么不同他打招呼呢？我不是常常要和“他”打招呼吗？在这去故乡万里之外的城市中、乡村中、大街上、野道上，每当我看见一个老农人，他有紫黑色的面孔，有和善的眼睛，他穿着褪色的蓝布衣裳……我心里一惊，那不是父亲吗？难道他逃难出来了？来找他的儿子了？我追上他吧，喊他吧，亲他吧，然而他走远了。可是，我为什么在梦里不同他打招呼呢？也许我怕他问我：“你不是说给我几个钱，叫我修修家里的破房子吗？”不错，我曾经这样答应过，我没有照办，这怨我不好，可是也不能完全怨我。不过我知道你老人家也绝不会这么责问我的，你是太善良了。至于家里的房子破了，我知道，我在梦里就看见过，我看见墙壁洞穿，檐木凋落，而屋顶上满是荒草……我知道这些年来的风雨太多了。我又梦见经过一片瓜田，那瓜田新鲜而整齐，一地绿叶在风中颤摇，那些叶子下面就是一些圆滚滚的大西瓜，好看极了，那瓜田的主人一面摇着扇子，一面又让我吃瓜，我却说："现在天冷，我不想吃，等天热时再吃吧。"

这就奇怪了。更奇怪的是我又看见——不是梦见——一个婴儿，这婴儿已经很久不见笑容了，他也许就要死了，但是那小脸上又忽然显出一点微笑。那微笑显示一个光明世界，照得每个人心里都发亮，然而可惜，那微笑瞬息即逝。而我的心里却在说，这就是我们的国家，这就是中国。我又在半睡半醒中念着几句莫名其妙的话，而且这些话在我的唇间，不，是在我的心里，还反复又反复，仿佛永无完结，这些话大概是这样的：

"最严寒的地方有温暖，
最温暖的地方有严寒，
有冰雪的地方有生长，
近太阳的地方最荒凉。"

这是什么意思呢？真是连我自己也不明白了。此外，我还梦见了什么，想了些什么？让我想想看。我想起来了，仿佛我还错过了多少事物，而这些事物是曾经从我的身边经过，或者，是曾经触到过我的指尖的，然而就如同捉鱼人本已捉到了一条鱼，却又让鱼从手缝中跑掉了。我们说"把握"，我们把握些什么呢？你紧紧地握一把沙，紧紧地握一把水吗？……

早晨醒来，雨还是星星地落着，我心里很不愉快。我永久向往一个夜雨之朝晴的境界。无论夜里多么黑暗，多么寒冷而阴湿，有多大的风雨，然而早晨一睁眼是一片蓝天照着大太阳，那多好，然而现在摆在眼前的还是一天愁雨。何况我的执事又来了，昭靠在我的耳边嘟囔道："你去给我买三角钱胡豆瓣，三个萝白，一角钱蒜苗……"为了怕吵醒小岫的睡眠，她这样切切地耳语着，而我呢，我却只想大声一叫，把一切唤醒。我自然得去买菜。我走到外面，一阵冷风洒我一身雨星。不错，几个盆里都接了满满的清水，我想永宁河里也一定是一片汪洋了。我走到厨房里，糟糕，屋漏得厉害，把米面都漏得一塌糊涂了，人活着，就必须天天防备这些阴天下雨的事情，昭那么想得周到，却也有这么一次疏忽，真是叫人心里也湿漉漉的，无可奈何。

我买菜回来了，看见昭在那里收拾那些已经漏湿了的米面。那有什么办法呢？我看是没有什么办法的，然而她总是那么有耐性，她总能对付这些事。而且，她还笑着说："我在大学读书的时候，有一天下大雨，我不在家，窗子被风吹开了，于是淋了满屋子水，把我的书全都淋坏了，怎么办？天晴了，我就一页一页地揭，一页一页地揭……"然而米面可不比书页啊，米还成粒，可是你不能一粒一粒地拣；面呢，更麻烦，假如天不放晴，你就只好让它霉了、烂了，权当做我们自己吃了。可是你也真有兴致，大木盆里已经泡上要洗的衣服了。

这以后是我自己的时间，我要开始我一天的工作，我坐在窗下再不睬那愁眉不展的天空，我忙打开一本印得很精致的书册，那书面上闪着一片白光，像映着一片太阳。在这一面上正印着这样的一段话：

“有两种互相矛盾的念头，在人类的内心越冲突得厉害了——想做得好一点的念头和想生活得好一点的念头。在现存的生活的乌烟瘴气里，要调和这两种倾向是不可能的。”

三十年九月九日

悔

就连小孩子哭着找妈的道理，
你未曾想，也终未能够懂得，
然而你却爱拍着桌子大骂：
“嗬嗬！为什么不给农民以土地？”
你一定痛恨极了，对于法西斯，
而四堵墙里的王国你就是希特勒，
伸出粗大的手掌向小儿闪击：
“哭吧，闹吧，我就要把你打死！”
我们的生命真是罪过的堆积，
智慧与愚蠢也只隔一层模糊，
举起了后足早忘记了前足，
命运注定了“给错误当学徒”。

这是前几天偶然写成的东西，那意思是说，以后再也不要这样狂暴了吧，然而无用，没有想到今天晚间却又是一次无理性的发作,大概我们的一切誓言都是如此，说是要立志如何如何，也往往是徒然的事。“给错误当学徒。”W. H. Auden 这话真不错，一个人的一生也许只是错误与错误的连续，我常想，一个人临死的时候总容易回顾一生，但当他回忆起来的时候大概也总是些错误的堆积，从至微至隐的，以至最大最显的：我出卖了一个国家，或一个朋友，我欠某人几文钱，对某人说了一句谎话，或对谁起过一次不好的念头……他整个的一生中都是“过失”，但只有一次他是对了，那就是他与世长辞时所作的反省，对于全生命的忏悔。自从这一次悔改之后，他再也不会犯什么过失了，他有一个最后的完整，归于无。那最后回顾时所看见的都是自己的“善行”的人该是幸福的了，我想他一定将以最后的一次微笑而瞑目，但这样的人可不知竟有多少……当我这样想时，我早已离开了我那四堵墙的王国，而仓仓匆匆地走在街上了。我心里含着一大包的悲痛。悲愤吗？不，我此刻已不再愤愤然，假如愤，那也就是对自己了。我是以一种最激烈的形式而又是以一种最虚弱的内容而走开的。外面下着雨，而且下得相当急，而且已是黄昏以后了，夜色兼雨色，各处茫茫苍苍的，我一个人迈着急促的步子，却不知应当向哪里走。总之有道路处便可走，要走出这昏夜，要走出这雨。我一面走着，一面迷惘地想着。我想起我的一个先生，他写一部自传小说，他说，他这人对于一切大事都能停停妥妥，唯独有些小节目还不能恰到好处。譬如，今天早晨起来，这地究竟扫不扫呢？这就是一个问题。……我自然也想到自己，我，我这人对天下国家，宇宙人生，也可以说是头头是道，唯独在自己那四堵墙内处得极不得体，我在朋友中间据说还是个好朋友，唯独在自己妇人孺子之间就没有人缘，我不知道我为什么竟会如此暴躁，我以为这种坏脾气是从前不曾有过的，然而现在却有了。归咎于这里的坏天气吧，归咎于生活的压迫吧……我自己明白，这都极其无谓。而且我想到，她们两个一定在灯下谈着我这个怪人，我想在她们中间一定有这么一段对话，母亲问："孩子，不要哭，妈疼你，妈走了万八里路把你带出来，妈能不疼你吗？"又问："告诉妈，你同妈是从哪里来的？你说呀。"孩子答："是从山东来的，那里有日本鬼子，日本鬼子打小孩。"母亲又问："你跑这么远来干什么？"孩子答："我来找爸爸。"母亲问："找到了没有？"孩子答："找到了。"母亲问："找到了怎么样？"于是孩子说了："找到了，他吵我又打我，也不给我买小洋琴，妈不是说我的小洋琴叫日本鬼子偷去了吗？"……我想到这里，似乎有一点儿要笑的意思，但是我如何能笑呢？雨下得很紧，我走得很快，也不顾道路的平陂，也不管脚下的泥水，衣服自然湿了，冷风吹来，把水雨吹得乱舞，我感到十分清醒，我不知不觉走上了大桥。真是不知不觉，因为这地方是来得习惯了，有时候自己来，有时候也同着女人小孩一同来。来看山，看水，看拉船的、钓鱼的，看算卦的，卖零星东西的，看来来往往的过桥人。而小孩子一见了船就说："打完了日本就坐这船回家了。"但此刻，什么也没有，向远处看自然是一片模糊，向近处看也只有光滑的石头桥面上放着微明的水光。河水的声音和风雨的声音搅成一片，也分不十分清楚了。在下流的拐角处，也就是在黑暗的城墙下边，这里该是一只船，因为那里有一点灯火在雨丝中摇摆着。我站住了，我站在桥边，可是我并没有像平日那样去倚在石栏上。因为我知道那石栏是湿的，是冷的。偶尔有几个人匆忙地走过了，打伞的，戴斗笠的，有脚下穿着钉鞋的，打在石板上发出清脆的叮叮声，而穿便鞋的脚下，则发出苦楚苦楚的声音，听了令人特别感到雨天的愁苦，于是我想起那些在雨水中拉着重货车上桥下桥的弟兄们，我的耳朵里仿佛还响着他们那“挨道挨道”的呼声，夜深了，我希望他们此刻已是休息了，他们的百条千挂的破衣服，此刻大概正在墙上或绳索上滴沥着雨水，雨水中也该有汗水。我又想，我若能知道这些在夜雨中奔波者们的故事就好了，正如我此刻也正在一个故事中一样。我若能看出他们每个人的面孔就更好，我可以从他们的脸色来推测他们的故事是属于哪一类，是悲哀的，还是欢喜的。我也愿意从人的面貌上观察一个人的性情：是暴躁的，还是和平的，或是和平而又有时暴躁的。但是我看不出他们的脸面，我只看见他们的轮廓，我以为他们都是一样的，都只是一些人的影子。但忽然有小孩的哭声慢慢近前来了，在风雨声中，这小孩的哭声特别显得可怜，显然那孩子还只是一个婴儿，他还不能说话，他只是哀哀地哭。那声音越来越近了，我这才看出来，是一个赤着肩膀、挑着沉重担子的大男人，而那哭着的小孩就在他的背上，他的背上像一个隆起的大瘤，不过那个大瘤却仿佛在跃动着，而且仿佛有两只小手伸出来了。你这个大男人，你这个负重者，你怎么在夜雨中赤着肩膀呢？冷冷的雨水该从你的头发上流下来了，流在颈项上，流在胸膛上，流注到你的心里了吧，原来你的蓝布褂子就盖在你那小孩的头上，怪不得那两只小手要在里边挣扎了。对，你是辛苦惯了，在风里雨里你也走惯了，你不怕，你的小孩却不然，你这样爱你的小孩。你一面挑着担子前进，用右手按着扁担，又用左手抄在背后拍着你背上的小孩，而且说道："莫要哭，莫要哭，姆妈就来了……"你的小孩在向你要妈妈，他的妈妈呢？在家里？你有家？家里什么情形？你当然很贫穷，很困苦？你这个做父亲的，我听你的声音就像一个母亲，我希望你走下桥头就到了家，到家里先暖一暖，再喝一点热汤。自然，家里有孩子的母亲……他已经走远了，他的高大的影子消逝在黑暗中，他的声音听不清了，孩子的哭声也听不清了，于是桥上只剩下了我自己。我一个人，而且我的心里空空的，我心里什么也没有，仿佛我并不存在，我也并无思索。风吹在我身上，像吹在旷野上，雨洒在我身上，像洒在一座空城上，连城墙下那小船上的灯火也不见了，舟中人也在风雨中睡下了。我慢慢地向后转，我不知怎么样走回来的，我终于回到了我的街巷。我的小巷子非常黑暗，又非常泥泞，然而我没有注意这些,我的低矮的门口有火把在迎我,惊讶吗?不，一点也不，那不是别人，那正是我的小孩和小孩的母亲。做母亲的手里拿着火把，又抱着小孩，火光映着小孩脸上的欢笑。孩子一见我就欢天喜地地说：“我和妈妈来等你，接你，天黑，下大雨。”我真想抱抱这孩子，亲亲这孩子，亲亲她的小腮，然而我一身是水，我的脸上也是冰冷的，不过我的心里却渐渐地温暖了。我们在灯下有说有笑，有故事，有歌唱。小孩子总不能忘记姥姥，姥姥对她太好了，说几时打完了日本就回去找姥姥。姥姥曾教给她一个歌，可是她在姥姥那里却不敢唱，因为那里有日本，日本打小孩。现在找到爸爸了，这个歌也敢唱了，于是她反复地唱道：

“日本鬼，

喝凉粉，

打了罐，

赔了本。”

她唱一阵，又闹一阵，还不等给她解衣服，她已经困得动不得了。

三十年九月二十二日，叙永

到橘子林去

小孩子的记忆力真是特别好，尤其是关于她特别有兴趣的事情，她总会牢牢地记着，到了适当的机会她就会把过去的事来问你，提醒你，虽然你当时确是说过了，但是随便说说的，而且早已经忘怀了。

“爸爸，你领我去看橘子林吧，橘子熟了，满树上是金黄的橘子。”

今天，小岫忽然向我这样说。我稍稍迟疑了一会，还不等问她，她就又抢着说了：

“你看，今天是晴天，橘子一定都熟了，爸爸说过领我去看的。”

我这才想起来了，那是很多天以前的事情，我曾领她到西郊去。那里满坑满谷都是橘子，但那时橘子还是绿的，藏在绿叶中间，简直看不出来，因此我费了很多力气才能指点给她看，并说：“你看，那不是一个、两个，嗬，多得很，圆圆的，还不熟，和叶子一样颜色，不容易看清呢。”她自然也看见了，但她并不觉得好玩，只是说："这些橘子几时才能熟呢？"于是我告诉她再过多少天就熟了，而且顺口编一个小故事，说一个小孩做一个梦，他在月光中出来玩耍，不知道橘子是橘子，却认为是一树树的星、一树树的灯了，他大胆地攀到树上摘下一个星来，或是摘下一盏灯来，嗬，奇怪呀，却是蜜甜蜜甜的，怪好吃。最后，我说："等着吧，等橘子熟了，等一个晴天的日子，我就领你来看看了。"这地方阴雨的日子真是太多，偶然有一次晴天，就令人觉得非常稀罕，简直觉得这一日不能随便放过，不能再像阴雨天那样子待在屋子里发霉，我想小孩子对于这一点也该是敏感的，于是她就这样问我了。去吗？那当然是要去。并不是为了那一言的然诺，却是为了这一股子好兴致。不过我多少有点担心，我后悔当时不该为了故意使她喜欢而编造那么一个近于荒唐的故事，这类故事总是最容易费她那小脑筋的。我们曾有过不止一次的经验，譬如我有一次讲一个小燕的故事，我说那些小燕的母亲飞到郊外去觅食，不幸被一个牧羊的孩子一鞭打死了，几个小燕便在窠里吱吱地叫着，等母亲回来，但是母亲永不回来了，这故事的结果是把她惹哭了，而且哭得很伤心。当时她母亲不在家，母亲回来了，她就用力地抱着母亲的脖子大哭起来，夜里做梦还又因此哭了一次。这次当然并不会使她伤心，但扫兴总是难免的，也许那些橘子还不熟，也许熟了还没有变成金黄色，也许都是金黄的了，然而并不多，有的已被摘落了。而且，即使满树是金黄的果子，那还有什么了不起呢，那不是星，也不是灯，她也不能在梦里去摘它们。但无论如何，我们还是去了，而且她是跳着唱着地跟我一同去了。

我们走到大街上。今天，真是一切都明亮了起来，活跃了起来，一切都仿佛在一长串的噩梦中忽然睁开了大眼睛。石头道上的水洼子被阳光照着，像一面面的镜子，女人头上的金属饰物随着她们的脚步一明一灭，挑煤炭的出了满头大汗，脱了帽子，就冒出一大片蒸汽，而汗水被阳光照得一闪一闪的。天空自然是蓝的了，一个小孩子仰脸看天，也许是看一只鸽子，两行小牙齿放着白光，真是好看。小岫自然是更高兴的，别人的高兴就会使她高兴，别人的笑声就会引起她的笑声。可是她可并没有像我一样关心到这些街头的景象，她丝毫没有驻足而稍事徘徊的意思，她的小手一直拉着我向前走，她心里一定是只想着到橘子林去。

走出城，人家稀少了，景象也就更宽阔了，也听到好多地方的流水声了，看不到洗衣人，却听到洗衣人的杵击声。而那一片山，那红崖，那岩石的纹理，层层叠叠，甚至是方方正正的，仿佛是由人工所垒成。没有云，也没有雾，崖面上为太阳照出一种奇奇怪怪的颜色，真如一架金碧辉煌的屏风。还有瀑布，看起来像一丝丝银线一样在半山里飞溅，叫人感到多少清清冷冷的意思。道路两旁呢，大半是荒草埋荒冢，那些荒冢有些是塌陷了的，上次来看，就看见一些朽烂的棺木，混着泥土的枯骨，现在却都在水中了，水面上有些披满绿草的隆起，有些地方就只露着一片绿色的草叶尖端，尖端上的阳光照得特别闪眼。我看着眼前这些景物，虽然手里还握着一只温嫩的小胖手，我却几乎忘掉了我的小游伴。而她呢，她也并不扰乱我，她只是一跳一跳地走着，偶尔也发出几句莫名其妙的歌声。我想，她不会关心到眼前这些景物的，她心里大概只想着到橘子林去。

远远地看见一大片浓绿，我知道橘子林已经在望了，然而我们却忽然停了下来，不是我要停下来，而是她要停下来，眼前的一个故事把她吸引住了。

是在一堆破烂茅屋的前面，两个赶大车的人在给一匹马修理蹄子。

是赶大车的？一点也不错。我认识他们。并不是我同他们之中任何一个发生过任何关系，我只是认识他们是属于这一种职业的人，而且他们还都是北方人，都是我的乡亲。红褐色的脸膛上又加上天长日久的风尘，笃实的性子里又加上丰富的生活经验，或者只是说在大道上奔波的经验。他们终年奔波，从多雪的地带，到四季如春的地带。他们时常叫我感到那样子的可亲近，可信任。我有一个时候顺着一条公路从北方到南方来，我一路上都遇到他们。他们时常在极其荒落的地方住下来，在小城的外面，在小村的旁边，有时就在山旁，在中途。他们喜欢点一把篝火，也烤火取暖，也架锅煮饭。他们把多少辆大车凑拢起来，把马匹拴在中间，而他们自己就裹了老羊皮外套在车辕下面睡觉。这情形叫我想起古代战车的宿营，又叫我想起一个旧俄作家的一篇关于车夫的故事，如果能同他们睡在一起听听他们自己的故事该是很有趣的。我想他们现在该有些新鲜故事可讲了，因为他们走的这条大道是抗战以来才开辟的，他们把内地的货物运到边疆上出口，又把外边的货物运到内地，他们给抗战尽了不少的力量……“无论到什么地方都遇到你们啊，老乡！”我心里有这么一句话，我当然不曾出口，假如说出口来就算冒昧了吧。我们北方人是不喜欢随便同别人打招呼的，何况他们两个正在忙着，他们一心一意地对付那匹马。对付？怎么说是对付呢？马匹之于马夫：家里人，老朋友，旅伴，患难之交，那种感情我还不能完全把握得到，我不知道应当如何说出来。不过我知道“对付”两个字是不对的，不是“对付”，是抚慰，是恩爱，是商量它、体贴它。你看，那匹马老老实实地站着，不必拴，也不必笼，它的一对富有感情的眼睛几乎闭起来了，两个小巧的耳朵不是竖着，而是微微地向后抿着，它的鼻子里还发出一些快慰的喘息，因为它在它主人的手掌下确是感到了快慰的。那个人，它的主人之一，一手按在它的鼻梁上，是轻轻地按着，而不是紧紧地按着，而另一只手，就在梳理着它的鬃毛，正如一个母亲的手在抚弄着小儿女的柔发。不但如此，我想这个好牲口，它一定心里在想：我的大哥——应当怎样说呢？我不愿说“主人”两个字，因为一说到“主人”便想到“奴隶”。我们北方人在朋友中间总喜欢叫大哥，我想就让这个牲口也这样想吧——我的大哥在给我修理蹄子，我们走的路太远了，而且又多是山路，我的蹄子最容易坏，铁掌也很容易脱，慢慢地修吧，修好了，我们就上路，我也很怀念北方的风沙呢，我的蹄子不好，走不得路，你们哥儿俩也是麻烦，是不是？……慢慢地修，不错，他正在给你慢慢地修哩。他，那两人之中的另一个，他一点也不慌忙，他的性子在这长期的奔波中磨炼得很柔了，可也很坚了。他搬起一个蹄子来，先上下四周抚弄一下，再前后左右仔细端详一番，然后就用了一把锐利的刀子在蹄子的周围修理着。不必惊讶，我想这把刀子他们也用以切肉切菜切果子的，有时还要割裂皮套或麻绳的，他们就是这样子的。他用刀子削一阵，又在那蹄子中心剜钻一阵，把那蹄子中心所藏的砂石泥土以及畜粪之类的污垢给剔剥了出来。轻快呀，这真是轻快呀，我有那一匹马用了新修的蹄子跑在平坦的马路上的感觉，我为那一匹牲口预感到一种飞扬的快乐……我这样想着，看着，看着，又想着，却不过只是顷刻之间的事情，猛一惊醒，才知道小岫的手掌早已从我的掌握中脱开了，我低头一看，却正看见她把她的小手掌偷偷地抬起来注视了一下，我说她是偷偷地，一点也不错，因为她一发觉我也在看她的手时，她赶快把手放下了。这一来却更惹起了我的注意，我不惊动她，我当然还是在看着那个人给马修蹄子。可是我却不时用眼角窥视一下她的举动。果然，我又看见了，她是在看她自己的小指甲，而且我也看见，她的小指甲是相当长的，而且也颇污秽了，每一个小指甲里都藏一点黑色的东西。

我不愿再提起到橘子林去的事，我知道小岫对眼前这件事看得入神了，我不愿用任何言语扰乱她，我看她将要看到什么时候为止。

赶马车的人把那一只马蹄子修好了，然后又叮叮地钉着铁掌。钉完了铁掌，便把马蹄子放下了。显然，这已是最后一个蹄子了，假如这是第一个蹄子，我就担心小岫将一直看到四个蹄子都修完了才会走开。现在，那匹马把整个身子抖擞了一下，我说那简直就是说一声谢谢，或者是故意调皮一下。赶车的人用爱娇的眼色向四只马蹄端详了一会，而那一匹马呢，也低徊踌躇了一会，仿佛在试一试它的脚步，而且是试给两个赶车人看的。然后，人和马，不，是人跟着马，可不是马跟着人，更不是人牵着马，都悠悠然地走了，走到那破烂的茅屋里去了。那茅屋门口挂一个大木牌，上边写着拙劣的大字，“叙永骡车店”。有店就好了，我想，你们也可以少受一些风尘。

“回家！”小岫很坚决地说，而且已经在向后转了。

我没有说话，我也跟着向后转。

“回家告诉妈妈：马剪指甲，马不哭，马乖。”她拉着我向回路走。

我心里笑了，我还是没有说什么，我只是跟着她向回路走。

“我的手指甲也长了，回家叫妈妈剪指甲，我不哭，我也乖。”她这么说着，又自己看一看自己的小手。

“对，回家剪指甲，你真乖，你比马还乖。”这次我是不能不说话了，我被她拉着，用相当急促的脚步走着。

“马穿铁鞋，铁鞋钉铁钉，叮当叮当，马不痛。”

“是啊，你有皮鞋，你的皮鞋上也钉铁钉，对不对？”

这时候，太阳已经向西天降落了，红崖的颜色更浓重了些，地上的影子也都扩大了，人们脸上带一点懒散的表情，一天的兴奋过去了，一天的工作完成了，有一些疲乏，可也有一些快乐。许多乡下人陆陆续续地离开城市，手里提着的、携着的，也有只是挑着空担子的，推着空车子的，兜肚里却该是充实的，脸上也有的泛着红光。我们迎着这些下乡去的人们向城里走着，我们都沉默着，小岫不说话，我也不说话，我也不知道她心里在想什么，我也不清楚我所想的是什么。“为什么不再到橘子林去了呢？”我心里有这么一个问题，可是我并不曾说出来，我知道这是不应当再说的。“我不再去看橘子了。”她心里也许有这么一句话，也许并没有，她不说，我也不知道。一口气到了家，刚进大门，小岫就大声地喊了：

“妈妈，我要剪子。”

做母亲的听见了，就急忙从厨房里走出来，两手面粉，笑着一个极自然的微笑，问道：

“回来了，乖，可看见橘子？橘子可都熟了？”

“不，妈妈，你给我找剪子来！”

小岫不理妈妈的问话，只拉着妈妈去找剪子。

一个画家

他出生于鲁南山村中的农家。我们可以说，他的幼年时代就是一个小农人，而现在，现在他已是中年时期的人了，我们若说他依然保持着那份可爱的农民气质，也该是很恰当的吧。他不但自幼就生活在农村的自然风物中，而且亲自看见过并参加过那种艰难困苦的农家生活。他知道，山地的石头是坚硬的，山里的道路是崎岖的，然而那些细弱的山泉要把那坚硬的石头刷得极其光滑，又在山里冲激成永远流不竭的河道，而那些农民的脚板，也由于永不停息地踏来踏去，也把石头磨出光亮，把山地的道路踏得平滑了。同样的，是他所熟悉的农家生活，他们，农家，是必须终年累月，用忍耐，用恒心，来对付那一份逃脱不开的艰辛的日子。固然，先天的原因也很重要，而这些后天的生活环境，对于造成他的艰苦卓绝的精神一点上，当然有着更大的影响，读者之中有谁是认识这位画家的吗？那么就请你再认识他一番吧：个儿是矮矮的，脸庞是瘦瘦的而又黑黑的，头发是短短的，而一双手却是挺拔而有力的，仿佛是时时刻刻在想抓碎什么东西似的——那就正如一个农民的手，要紧紧地握住锄把或犁柄，而现在，他却要把那一双手去紧握住画家的工具，一支笔——而他的衣服，他喜欢穿什么衣服呢？就如现在，他也就只穿了一套草绿色的短服，那自然不像一个兵士，也不像一个艺术家，而只是一个农民，或者说，正如抗战期中的一个农民游击队。

在北方，尤其在山村中，一个农家子弟想顺利地受完高等教育是很不容易的，尤其是一个学画儿的人，就更其困难。“养鸟不如喂鸡，种花不如种菜。”农民是极端的实利主义者，那么，一个农家的青年，为什么不好好地读书预备振家耀祖，却要去努筋拔力地学着画画儿呢？然而我们这位农家之子，却就在这情形中，受尽了千辛万苦，居然也完成了他的高等艺术教育。他在北平那座古城里一连住了许多年，他住在一个偏僻的角落里，而且住在一间阴暗的小屋子里，自炊，自食，自缝，自洗，一个人在柴米针线的琐屑中却产生了他初期那些篇幅较大的辉煌作品。北平的飞沙是专打行人的眼睛的，冬天的风雪更时常专为了割裂行人的皮肤而降临，而这个学画的年轻人，就带着饭囊，带着水壶，带着零星的画具，自然，更重要的还是他的画架，那是一个颇高大的架子，他把它负在背上，就在那飞沙与风雪中奔来驰去。说来好笑，他这样子装束起来，到底像个干什么的呢？说他像个行脚僧是不对的，因为他没有那种悠闲的味儿，他是忙碌的，尤其在大风雪中。说他像一个辛苦的负贩倒还更好些吧？他这样走遍了北平城郊的许多名胜古迹，在各个有名的建筑物旁边逡巡徘徊，在每个有历史意义的景物前面流连终日，于是，他为那座故都留下了永不磨灭的影子。然而，现在我们提到了这些，又该是有着什么样的感怀呢？借问我们的画家，你当年那些作品可还存在吗？什么时候我们才能光复我们的故都呢？什么时候我们才能再回去呢？这几年来我们流转过了这么些地方，却还是怀念着那个旧游之地，这是什么道理呢？说起来，倒很想再看看你那些作品了。尤其是使我不能忘怀的，是我们的长城。我是说在你画家笔下的那幅长城，那是以塞外的风雪作为背景的，那也是你在大风雪中作成的，那种深厚雄浑的氛围，是最能代表你的作风的了，或者甚至可以说，那是最能代表我们这民族特色的了，不单在艺术方面，而且在整个的生活方面。假如我们还能看见那些作品，我们就要向我们那已经被人掠取了去的东西重致慰语，而那些，我们也许已经不再说它们是“作品”，不只是一幅幅的画儿，因为那些都是“比真实更真实”的东西！

我们这位画家有一种很别致的脾气，就是他最爱在风吹雨打之中出去工作。他正如风雨将至时的紫燕一样，紫燕为了欢迎一场大风雨要钻到高空去飞扬；他又如风雨正急时的青蛙一样，青蛙为了庆祝这一场风雨就在水面上鼓噪起来；其实他更像风雨来临时急于收获稼禾的农民一样，每当风雨欲来的时候，而画家的兴致也就来了，仿佛有风雨在他胸中一般，鼓舞他、催促他，于是他出发了，他要在风雨中去收获他的“作品”。他依然是背负着那个大画架，不过又添了雨具，伞，或大斗笠。于是他在风雨中工作、工作，工作得特别敏速，而且也特别满意。而他的作品中也就充满着风雨，油然沛然，萧萧骚骚，深厚，浓重，寓生动于凝定之中，而这，也就是这位画家的风格之所在了。于此，让我回忆起那座“潇洒似江南”的济南城来吧，济南是我们的故乡，我们的画家是从离开北平以后就一直住在这里的，一直住到敌寇压境才开始了流亡。现在，我们的故乡正在屈辱与战斗中。黄河天堑，那里的黄河怎样了呢？湖山如画，现在的明湖与佛山是什么颜色？“齐鲁青未了”，乘津浦南下的泰山可还无恙？还有坐胶济车东去的崂山，还有我们的工业区博山……这些地方，都是我们的画家曾一再流连忘返的地方，而且，都曾经在风雨中给那些地方留了一些影子，可惜，这些作品也都随着济南的失陷而不敢断定其或存或亡了。其中，我个人印象最深的是“大风中的黄河”与“秋雨中的明湖”，充满在画幅中的那种苍苍茫茫的空气，想起来真令人无限惆怅。

脱离了学生生活，在济南从事于艺术工作的这位画家，物质生活自然是比较优裕得多了，然而他的艰苦卓绝的精神，却还是依然如故。他住的屋子里的陈设非常简单，简直可以说是非常简陋，他自奉非常俭朴，工作非常勤苦。他确乎在努力积钱，像吝啬的老农民那样积钱。然而他这样吝啬却是为了一次豪华，因为一到假期，他便又背起画架到各处旅行去了，他一去几个月，他把钱都花光了，而换回来的却是满箱满箧的作品。此外，他工作之余，又从事于种种艺术活动，譬如组织学会、出版画刊。由于朋友的督促，他还开过几次个人画展，于是他一切都自己去办，他自己抱着广告，自己提着糨糊，自己拿着糨糊刷子，到通衢，到街巷，他自己去贴他自己的画展广告。他又计划在明湖边上建一座壮丽的美术馆，他把自己历年的积蓄都花上了，把整个的精力也都花上了。为了这计划之易于实现，他不得不把那张黝黑的瘦脸在人家面前陪陪苦笑，不得不用自己讷讷的言辞去求得人家半句允诺，这正如一个农民，由于自己辛苦的结果想置一点新的产业，却不得不请邻里乡党们吃自己几次酒筵。在这些场合，他一定显得很拙、很苦，而这些，也许曾经引起有些人们的误会，说这样子简直就不像个“艺术家”了。然而经年的辛苦，一座美术馆就在湖边上站立起来了。那么我们就去看看吧，你从他自己的住室走到美术馆就如从一间茅屋走入了一座宫殿，那里应有尽有，不但那些从各处征集来的作品令人目夺神摇，就是那些设备也都极其讲究，这也正如本来是饭蔬食饮水的农家，一旦客至，则杀鸡为黍而食之了。

然而那些设备，也正如画家自己的作风一样，是粗重的线条，浓浑的色调，而绝不是小巧玲珑花花草草的设计。“要坚固，要持久，要大方，要好看。”他常常指着那些陈设如此说，而他又最得意于那些大窗子上悬挂着的毛织窗幔，那是深紫色的，紫色之中又带有墨绿色的，“必须这样才行，必须这样才衬得起窗外的湖光山色，我这里的颜色总要比外边重一点……”他这样说。继美术馆之后而在他计划之中的，是艺术学校，他想延揽一些前辈艺术家，教育一般青年之有志于艺术者，他常说：“艺术是要紧的，人生怎么能没有艺术呢？任何人都应当有点艺术趣味才好，庄稼人怎能不在墙上贴几张年画呢，篱笆墙上又怎能不叫它爬一架牵牛花呢？”他又想在儿童中间普遍地鼓动起一种爱好艺术的空气，“小孩子都是爱画的，像喜欢吃糖一样。”他这么说。他希望在他的美术馆中时常有儿童的图画展览。……一切都在计划中。然而敌人向我们进攻来了，德州失守了，接着济南也危险了，于是我们不得不离开了济南，我们的画家也就不得不抛弃了他一手造成的事业，以及他满肚子的计划。现在，那座美术馆怎样了呢？每天晚间，倚在美术馆的楼栏杆上望济南城墙马路上一圈灯火，只隐隐映出远山近水，葱葱茏茏的树木，却不见市廛……现在站在那楼上的却不知是什么人了！

流亡以来，辗转半年有余，而得暂时驻足于汉江左岸一个荒僻的县城中，在这里，我们的画家又拾起了他的画笔。半年以后，又溯江而上，过汉中，爬巴山，走栈道而至大后方。在这两千里路的艰险道路中，我们的画家又作了很多作品，而这一段生活，以及这一路的山川景物所给与画家的影响就更大。“我从前画过的地方都被敌人占了，我希望……”你希望什么呢？你希望你的画面上能留得住我们的江山吗？我们只看见你的黝黑瘦削的农人脸面上罩一层风尘，一层苦笑。以后，他又跑了很多地方，他去灌县，去嘉定，去峨眉，回头又去江油，去剑门……这一来画风大变了，自然景物不同了，你人也不同了，你的心思也不同了。可惜在流亡期中，受到种种限制，如纸张，颜料，画具等等的缺乏，使画家的工作不能十分如意。一双草鞋，你还要穿它个七烂八烂才肯丢掉，比较从前的假期旅行，那自己是不行了。“好汉子也得有一张锄！”对，画家怎能没有一支笔。顺便说一句，他对于指画或舌画之类非常瞧不起。

最近，听说我们这位画家变得更厉害了，从前是只画自然界的景物的，现在却喜欢画“人”了，喜欢以社会生活作为对象了。这当然很好，我记得那个从下层社会中站起来的大作家曾经对诗人说过：“把对于生活的趣味扩大起来好了，忘记了在风景画之外还有风俗画，那是不行的。”我愿意把这句话转赠我们的画家。何况我们的画家，你，你不是喜欢在风雨中工作吗？那么，恐怕再没有比这时代的风雨更大的了，这实在是一个暴风雨的时代，我想你不但要在这暴风雨中工作，还应当为了这暴风雨而工作，为这时代留一些痕迹，为这时代尽一些力。不错，你曾经画下了我们的山河，却保不住我们的山河，山河将何以自保？除非有“人”！没有“人”是不行的，自然界没有人也是不行的，是不是？何况国家？这时候，再没有比“人”更重要的了，再没有比“人的力量”更重要的了，艺术家应当爱“人”胜于爱“自然”，对不对？

（京）新登字083号

图书在版编目（CIP）数据
灌木集 / 李广田著. -- 北京：中国青年出版社，2012.11
（老开明原版名家散文系列）ISBN 978-7-5153-1143-2

Ⅰ.①灌… Ⅱ.①李… Ⅲ.①散文集-中国-当代 ②随笔-作品集-中国-当代 Ⅳ.①I267
中国版本图书馆CIP数据核字（2012）第244244号

责任编辑：万同林
装帧设计：瞿中华

出版发行：中国青年出版社
社址：北京东四12条21号
邮政编码：100708
网址：www.cyp.com.cn
编辑部电话：（010）57350404
门市部电话：（010）57350370
印刷：三河市华润印刷有限公司
经销：新华书店

开本：880×1230　1/32
印张：7.125
字数：85千字
印数：1-4000册
版次：2012年11月北京第1版
印次：2012年11月河北第1次印刷
定价：28.00 元